此去经年，归来仍是少年

一抹寒烟 著

北京理工大学出版社
BEIJING INSTITUTE OF TECHNOLOGY PRESS

图书在版编目（CIP）数据

此去经年，归来仍是少年 / 一抹寒烟著. — 北京：北京理工大学出版社，2017.10

ISBN 978-7-5682-4856-3

Ⅰ.①此…　Ⅱ.①一…　Ⅲ.①随笔－作品集－中国－当代　Ⅳ.①I267.1

中国版本图书馆CIP数据核字（2017）第225797号

CIQU JINGNIAN, GUILAI RENGSHI SHAONIAN

出版发行 / 北京理工大学出版社有限责任公司
社　　址 / 北京市海淀区中关村南大街 5 号
邮　　编 / 100081
电　　话 /（010）68914775（总编室）
（010）82562903（教材售后服务热线）
（010）68948351（其他图书服务热线）
网　　址 / http: // www.bitpress.com.cn
经　　销 / 全国各地新华书店
印　　刷 / 三河市天润建兴印务有限公司
开　　本 / 880 毫米 ×1230 毫米　1/32
印　　张 / 8
字　　数 / 178 千字
版　　次 / 2017 年 10 月第 1 版　2017 年 10 月第 1 次印刷
定　　价 / 35.00 元

责任编辑 / 田家珍
文案编辑 / 田家珍
责任校对 / 周瑞红
责任印制 / 李志强

目录
CONTENTS

第一卷　旧城记忆

第二卷 手心的茶，身边的暖

第三卷 多年之后

第四卷 你是今生唯一的例外

第五卷 寻找记忆深处的声音

第一卷

旧城记忆

旧城不再，人已归来，
许你说往事如烟，且行且歌……

第一章：旧城记忆

旧城拆了，人也散了，只有记忆留在废墟。

世上很多东西都会消失，唯一不散的就是记忆。时间在兜转，岁月在更替，人心却无法在旧城里安身立命。瓦砾上的繁华隐入沧海桑田，变迁的往事亦如水，只有落地的尘埃舞动在天空下。拆迁的灰尘让整个小巷灰蒙蒙一片，飘落在路过的车窗上，模糊了行人的视线，潜入发丝和衣缝。站在记忆的废墟点燃一支烟，冬风带着寒冷的信息吹灭新年的烟花，瞬间的耀眼烫疼了黑夜。还没有移走的那株老树飘落的叶子叠加在没有融化的积雪上，童年的记忆横空出世。看着眼前即将落成的新城，我宁愿在你的笑声中和沉默里凝视这个生活多年的街道，任往日的风吹开眼角的鱼尾纹，让一些故事在这场雪后发芽。

旧的东西往往让人无法放弃，念旧的情结就成了回忆的先锋。比如使用多年的老物件，一起长大的少年以及青春期萌发的情愫，这些都存活在记忆中。墙壁上、树干上刻下的名字犹如刻在心墙，一个“旧”字成了很多人怀念的理由。在有些情感丧失的后来，古人“物是人非事事休，欲语泪先流”便成了词人多愁善感的抒发，李清照在国破家亡后流离失所的诗境描述，除了对故地的怀念，也有对丈夫赵明诚离世后睹物思人的触景伤情。而崔护的《题都城南庄》也有怀旧的惆怅，桃花依旧，人却不知何处。时过境迁，无论是动乱的年代还是季节的流转，从我们眼前流逝的一切除了记忆可以追溯曾经的岁月，留在内心的影像却无法在故地复原。

记得旧宅在弯曲的老街，一口古井留在隋炀帝开凿的运河边，河边古朴的小镇已有一千多年的历史，城隍庙就在巷子的中央，那株老桂花树下走过童年的我们，到如今也是物是人非了。城市化进程给人带来崭新的面貌，却抹杀了一段历史遗存，青砖黛瓦的白墙上红色的“拆”字有点触目惊心，只有上了年纪的人对着红色的字体沉默不语。雀跃的是年轻人，能离开一个拥挤着几户人家的小院，激动的心情溢于言表。那是我漂泊江南的第四年，在面临拆迁时请假回乡，我在院子里站了很久。葡萄架下夏日紫红色的果实和宁夏枸杞缠绕的枝蔓让小院避开烈日炎炎，女儿蹒跚的脚步和仰望果实的表情给那段岁月留下太多的印记。从那时的照片中翻阅的幸福温暖了后来离家的日子，也难以避开拆迁后继续漂泊的孤独记忆。

元旦过后，走了十几里路去曾经住了很多年的地方。运河边原来的几条小巷变成如今的河滨公园，桂花树早已不知所踪，只有那口古井被石栏围起，引导我的目光寻找旧时路。不由想起隔壁一起上学的玩伴，直到一座座古老的宅子轰然倒塌，再也没有见过那熟悉的笑容和两条长长的羊角辫。那一年腊八节到来时，江南的雪和北方没有区别，结冰的地面，上学的孩子一个仰八叉就引来一阵阵无邪的笑声。此时，站在冬天的井栏，隔着时间和季节与往事相视一笑，青春也如这片小巷的地标消失无踪。香樟树和后来移植的花草披着一身冬衣，几十株绽放的梅花妆点别致的冬天，少年失去的乐园今天成了更多人休闲的去处，只是走失的人再也回不到故乡这片田园。

所幸的是，我回来了，和很多离开故乡的游子一样，在记忆中凭吊往事，把属于你的回忆留在今天。少年的冬天太漫长，风雪也来的比较疾，而今年冬天曾经蛰伏在脑海的影子和梅花一起挣脱束缚的花苞，再也不用背影回避我的目光。故乡和爱总是绑在一起，安抚了我的孤单，承接过你的笑容，一条流淌千年的运河洗净我们跋涉的苦，一瓣心香飘在尘水之上。在午后的约定中，你的呼吸带着春天的温度说着这些年离开的痛楚，踏起的脚步也惊醒废墟下埋藏的往事。并肩倚栏，风中飘来的花香沁入心底，诉说着离开故乡的这些年对小巷的回忆，那两根羊角辫如今已如瀑布般散开。

走进梅林，一片白色花朵衬着西窗雪下沉寂的往事，低柔的语调圈起久违的欢笑。我们踩着童年的音律把“离别”走向重逢，这些年的天南地北唯独少了“双飞客”这个词，把灵魂和故乡合葬，冬天的尾音被搁置在最后一朵梅花瓣上。过不了多久，笑语颦起的眉梢挑开梅花三弄的和弦，玻璃上的冰凌花勾画成童年时对镜的笑脸。这场雪还没有融化，相比童年滑溜的石板小路，蜿蜒在梅林中鹅卵石的小道已经把几十年的时间连在一起。一株株欺冷的梅在指尖抚香，花骨感受的温度催发春天的信息，如果揽一树梅花可以点缀你的寒冬苦夜，我便可以在重逢的地方诗酒人生。

旧城不再，人已归来，在属于我们故乡的日子里，许你说往事如烟，且歌且行，这壶酒里的暖意把梅冷抵消，也容你重逢后的归去来兮……

第二章：在时间消逝的地方寻找安宁

回忆一下缩短了南北的距离，冬去春来的前夜，你的笑容暖了谁的季节？

记忆的影子此时无法靠近，行走之姿在南国沙滩上留下浅浅的脚印。坐在窗前，一些回忆隔着冬天的阳光，透过至寒的气流寻味背影留下的气息，续一杯茶，暖一双手。

常把三亚想起，而北方密雪束紧回忆的领口，让记忆都不敢放开，这场雪打翻了残花，任茶水的暖从指尖沁入心底。在时间消逝的地方寻找安宁，很多回忆足可以支撑我们安静到老，沙滩上深浅的脚印在脑海里杂乱无章。如果天涯有你，宁愿不再避开纷杂的目光后隐藏的敌视，用一个温软的手势牵动跟随的无惧。

在最冷的季节靠近远方的城，南国冬天的雪不再是虚构的场景，细碎的雪粒砸在地上，你在海风里淡然的神色搅动夜色的平静。夕阳早就落下地平线，手中的茶也泡了几回，凝视片刻，伸手在照片上写下几行字作为回忆的引擎："繁华褪去，素心依依，美了风尘一世……"

捡拾一段光阴的故事，挪用春风的表情融化积雪的冰，去年和今天隔着一场雪，共走的天涯此时在目光里泅渡。无端的念想被笑语引导，携手迈过深冬这道坎，在某个花开锦绣的三月，把重逢的喜悦侵入壶中，咽下心中翻滚的情绪。来来去去的人，阴晴半暖的天气强迫我们适应季节的变化，但是时间却像看不到的橡皮，在无形的手中擦拭某一段令人生疼的印记。一个故事老去，另一个故事又在衍生，紧随着季节的更替。你方唱罢我登场，如果有些疼被强制驱散，时间打磨的人生除了世俗的圆滑，还有棱角的分明。

在记忆的堆叠中寻找可以温暖的往事，青春的开怀和无忌彰显了那个年代寻欢的理由。时间是最好的裁判，随着年龄的增长让人越来越钦佩它的公正。柔软或者呵斥的声音从各色人口中掠过耳边，只有一句看似冷漠的叮嘱和别的声音与众不同。

十七岁离家那年，送行的父亲带着严苛的表情丢下一句话："到了部队好好干"。这就是他唯一关心的话，唯有母亲在车窗下拉着我的手哽咽。当多年后再次面临亲人的送别时，一句温柔的呼唤在千里之外回荡脑海多年，貌似平常的话从不同的人嘴里说起的时候带着不同的感受。但是，经过时间的发酵，曾经以为漠不关心的话语到今天想起时，却另有一番滋味在心头。

有一种声音如今已经不再甜腻，那个人永远说着相同的话，那个人可以和你青春到白首，时间就这样过来了。在时间消逝的地方重温你的话语，才知道简单和平常的话出自于亲人之口是不用修饰和思考的直言。千里之外的担忧和寒来暑尽的叮咛不再让人感觉到啰嗦，相同的话说了几十年之后，无论我在天涯海角，一句："路上小心！"便抵得上岁岁相伴时的地老天荒。时间推着我们向前，无论愿不愿意，漫漫长路都要自己走。从白天到黑夜，追踪在身后的目光抚慰漂泊的灵魂，一颗依恋的心不管身居何处都可以让你感觉到家在何方，走过千山万水，总有一双手带你回家。

那年在北方，边城的风带来熟悉的问候：“天冷了，路上注意身体。”那时，长城外的雪素冷而萧凉，为一场看雪的心境在新年前出行，却没有看到一双眼睛透着晶莹的闪亮，把满腹的担忧咽在欲语还休间。童年印象中，很少见到燕山雪花大如席的壮观，偶尔一场雪铺在如霜的月下，母亲就会半夜推开门，加上一床棉被，细心掖上露肩的被角。月亮在夜半后升起，蜿蜒的小巷和灰白的街道是故乡最美的影像，在渐渐长大的少年时光里，那扇灯火就是一世记得的温暖。

如今想起旧时的故事，记忆中装满了远方的风景，有的人却不能随我浪迹天涯。腊八节那天，一碗糯米粥上漂浮的红枣勾起童年的生动，那是外婆和母亲一脉相承的做法，却给今天的你留下可以给儿孙继承的家传。岁月里，爱到无声便是真，只要你懂得双手捧起的亲情中有无法割舍的牵念，无论身在何处，两颗相连的心守着今天，就足够等到未来。

其实你不知道，有些文字一旦离开我们共有的曾经，就失去了原有的价值和心境！罕见的这场雪不会阻断回家的路，而江南飘起的雨也融化了路上的积冰。很多人陆续从远方归来，只是那年轩辕台上陪你看雪的情景已经过去多年。岁月迟暮雨也涤尘，虽然时间过去很久，我依然记得那时北方的相约，如果还有一场雪让我们在江南重逢，期待的幸福一定是你快乐的梳妆。素颜无缺，岁月已老，但愿还有一双嶙峋的手从你青丝上滑落，那碗粥里的红枣浅卧其中，雨伞撑起的巷口有人望着你回家的方向。

此时，细雨如丝，茶烟飘缈，湖水漾起微波。当你从边关外归来，故乡的院门为你打开，古老的门环增添岁月的光泽，无数个长夜不眠的等待，这是一种信念，坚不可摧。

第三章：红尘初妆，陪你天涯相伴

案头的白梅开了，给今天带来别样的惊喜，而你的红尘初妆已在消逝的青春里褪色，张扬的表情被时间的大幕遮挡。年轻的时候心走得总是比时间快，盼着放学，在秋霜成雪后迫切地期待着新年到来，不知不觉走到鬓角出现几根白发，以前让人懵懂的事在生活里重演的时候，已经学会在事物的表面琢磨潜在的内涵。我们无法在一花一叶中洞悉整个世界，却慢慢在纷杂的变局中学会看到结局，用平常的心接受结果。谁都不是智者，抱残守缺是禅者的境界，而有些人在经历生活的残酷之后就像冬天蛰伏的虫子开始逃避现实，用一颗畏葸的心面对滚滚红尘。从少年到暮年，经历的往事在记忆中浮现的时候，对于生活的况味只有自己能懂。曾经一起哭笑的朋友和曾经许下的誓言被无奈遗忘后，红尘冷暖只有自己品味。记得有人说过："无论朋友还是恋人，有些情感只是阶段性的，时间和距离都是磨灭感情的杀手。"

京城的雪很大，多年没见的场景让你回到当年，红色的琉璃瓦和青砖垒砌的城墙在一场雪的堆积下多了一点素雅和壮观。这年纷扬的雪一夜之间覆盖了帝都，远比江南滂沱的雨来得无声无息，怀念七月西塘傍着雨季的相遇，浇透一季浪漫的开始。那时的你刚过而立之年，删减的童话已遗忘在少年的记忆里，一身青衣在淋漓的泥泞中走着婉约的步履，在伞下找回失去的青春。行走江南，戏谑和快乐在脸上溢出，用明媚驱散许久的阴霾。荷塘细雨敲打出儿时的《采莲曲》，在四角小亭下的指点相看，有一种微笑就是边城外久待的心情。

一步天涯，整个夏天在江南度过，银杏泛黄的叶片中与你有初雪的相约，半盏忧伤一壶饮，谁也不相信这场雪会打落白梅思念的瓣。当你在城头听风数雪，梅上的胭脂色染了护暖的围巾，在一场雪的相逢中把双手递出。此时，你一定铭记恰好的相逢是注定的终生，关乎于花色里所有的软红都是温暖的期待。荷的不妖与梅的骨骼在两个季节相融，相伴的同行让每次告别都拿捏得恰到好处。从江南离去到如今数年间，左手握着潮湿的心，右手挥挡着漫天风雪。

无论什么时候重逢，都是后来的坦荡面对。暑热的江南留在手中，心思放逐在流淌千年的运河，那是隋唐后开凿的生命线，一直蜿蜒在故乡的门口。很多时候，折叠的纸船承载无言的心事在随着时间逐流，手腕上的青花玉也融入千年烟雨，或者在一只瓷罐胚胎上勾勒的入尘之心便是等待之意，即使那把伞在入梅后回潮，伞面上撑起的阳光烘干潮湿的记忆。西塘光影里的传说已是彼此写下的故事，临雪对影，所有的美好都不会失真。我不相信那些年走过的路会在时间中迷途，包括后来的流言损伤超过诺言的高度。当你从江南走到塞北，岁月没有改变跋涉的身形，帝都皇城大汉子民，世俗的儿女从此少了讨喜求宠的趋炎附势。谁也不是谁的帝王，但是每人都拥有自己的江山，十月金秋，三尺高堂下一拜匍匐，如瀑的青丝垂落在红毯，关于爱情的故事就此流传。

那天，亲人在喜庆的祝福里颔首，我们却不懂得无数相遇也抵不上爱情里的白头偕老。尽管时间隔绝了很多东西，当这场雪落在你头上的时候，才明白很多人的期待成为一句流行的网语：“和你在雪里行走，一不小心就白了头。”倘若那样，这些年的坚持和等待就应了那句话。多少夜长梦短的遗憾在今天定局，守望的心从孤独走到重逢，也是人生撰写的华章。这样的夜里，我们抱着希望同眠，从青春到白首都有一份缱绻可依，人生有很多故事像那把伞一样撑开合拢，也会在断桥和古长城上携手相扶。

黑的衣、白的雪、红的围巾，点缀今天唯美的画面。一双脚印在眼前延伸，身居的帝都还有你的回首阑珊。这场雪是季节的留白，也隐藏过春夏秋冬里的斑斓与葱郁。叶落花开，霜重雪愈浓，四季呈现的景观和人间表情切合在一起，把共同的记忆当作可以敌世的护衣，无论夏暑和苦寒都伤不到离别的真。也许，在我静卧雪中的那一刻，眼神里有几分嘲笑江南无雪的调侃，只是在我接住你目光的那刻起，城墙上的宫灯已经点亮将暮时的黄昏。世间百事都有不测风云，接住你眉眼上落下的飞羽，把闪烁在灯笼的烛火认作是涅槃时的火焰。生死一世间，我看到了雪落寒梅时，一双眼睛里冰雪的澄澈，才懂得无数等待的背后，即使有人避开一季的风雨，却不能踏雪无痕。

第四章：晚雪，初梅

今天立春，起来就感觉到温度的反差。一年之计和一日之计的话从小就耳熟能详，时间的流逝却难用行动证明这两句话给予的提醒。清晨，玻璃上有一层蒙蒙的雾气，盆梅上的枝又开了几朵如雪花般的梅。春的黎明似乎比冬天要早，几朵梅花亦如天涯带来的讯息，如歌的行板洞穿时间的长廊。一丝粉蕊却飘不到你的眉心，冰雪情怀攀附你的骨骼，到今天从深寒里走出，抬眼间便是明月清风。

“天涯也有江南信，梅破知春近”，一方斗室中，这盆梅是守护的春天，白到极限的花瓣沾了雪的冷，却没有凉意在心头升起。想象梅园千万朵的壮观，那一片香海用它的雪色构筑十年冬天，二月的风牵扯过缠绵的相思，零落的花瓣夹在青春的扉页，把半生等待走成天涯的绝唱。可以擦去玻璃上的雾，却弹不去鬓角的霜，当这年的秋风伤及萌发的芽，我怕那朵绽开的梅瓣有鲜红的血从心脏喷涌，染透你肩头飘扬的围巾。

隔着天南地北，蓄满已久的思念终于从花心溢出，弱弱的花蕊试探春天的温度。梅园前巨大的太湖石伫立在必经的路口。风，梳理不了你蓬乱的发，在春天逼近的前夜翻开那页书中残留的青春，不知道今夜的暗香盈了谁的衣袖！

江南梅多。红梅、绿梅、蜡梅，在几场清霜浅雪后就开始散发出诱人的香气。而我独喜白梅那份纯洁的模样，素色的瓣清瘦无味，花色却有了雪的圣洁。南方的冬天很少像今年这样，几场像模像样的雪把冬青、香樟上铺满了白。清晨在梅园深处寻找踏雪寻梅的雅趣，无奈满树的花苞只以含羞的表情躲在纵横的枝丫间。失望从心头隐隐升起，也只有案头的白梅在晨起的时分给了我深深的安慰。那份冷傲像极了青春的秉性，也像挂在枝头的雪花，天暖之后就被阳光融化。花盆里堆积一层薄薄的花瓣，几支嫩叶探头后，短暂的花期就埋葬在冬天的记忆里，更谈不上有几粒梅子结在枝头。而它终究带来春天，让那些令人心灰意冷的萧瑟远离今天的视线。此时，它就在身后陪着我，阳光透过窗子显得更加耀眼。陶盆、落梅、虬枝上的花给人生留下的空间潜藏了等待的含义，带着一生尘烟更难以和白梅媲美。也许它正如世人所说："好花无色，真水无香。"这倒是让人不由得想起人生百相："好女如莲，"是清水出芙蓉、天然去雕饰的清丽，而浓妆艳抹的妖娆只属于风月场中谋生的需求。有些女子如梅，无论在什么逆境下都能保持一份清绝的品格。

在这个春冬的交替间赏梅，岁月如提衣涉水的浅溪湿了跋涉的衣角，从纷乱的思绪中找到春天的路，期待的未来已经在脚下延伸。如果如常人所说"文学表现不一定要合逻辑"，那么生活的逻辑和世俗的成分到底能改变我们什么？和宿命一刀两断。曾经吟哦的诗句在咀嚼的回味中有了不同的感受，年轻的我们走到中年又有多少含泪的故事能笑着说起。走出冬天的寒冷感受满目春光，季节流转紧随生老病死的定律，花开花谢也就如人生的定局。

沧桑的痛，在和后人说起的时候，我们都用淡定的表情娓娓道来。琴棋书画、锅碗瓢盆，代替我们浪漫情怀的是岁月枯荣，更是生命轮替中一种情操的承接。

感谢年轻时生命中那场遇见，才懂得生命本质中隐藏的自私和人性中的弱点会添加坎坷和变数。枯瘦的梅枝绽放春天的希望，葱郁的生命也不会万古长青。当你发现悲伤和暗恋只是一个人的事时，青春痘留下的痕迹早被皱纹掩埋。感情的细胞和植物一样在裂变，有的是成长，有的是枯萎。或者感情世界也如那株病梅上的疤节，给人赏心悦目的同时，所有的伤都包藏在狰狞的里面。荒唐和执拗颠覆本来应有的幸福，拿起理智的剪刀修剪生病的枝条，还生命一场真正的清白。当刻骨的爱情成为过眼云烟，滚滚红尘中虚掷的光阴可否能坦然面对自己的一生。

看着这盆梅花，犹如春天涌进了室内，枝丫上冒出的翡绿已是春天的妆，软叶流碧，有些倔强还在立春后挣扎，用沉默承当一季的盼望。冬去春来的夜，用惦记的目光烘托红尘的痛，更希望最爱的梅折在丰腴的掌中。乍暖还寒时候，一夜寒天里的强颜欢笑还有那年的花开锦绣，若如你来，请携着共同的记忆拥抱春天，看手中的一支长笛，在花雨下横起……

第五章：愁云不减西湖美，再过江南已是春

多年前的记忆推开二月的门，以至于友人和我说起江南的时候，回忆都已朦胧。那些温婉和柔媚如雨，在春天脚步里婉约优雅，只是今春阳光甚好，瑟瑟清寒挡不住游子的步伐，各自走上回家的路。再回故乡，开门时陌生又熟悉的表情在凝视后阖了眼眸，眼前的稠软提醒尚存的温柔，有一种乡恋涤荡内心的刚强。

走在运河岸，温软的腔调依然或急促或轻缓地诉说，时间像岁月的河流从心头划过，带着生命的蜿蜒。千百年的古镇在节日里多了喜庆的色彩，红色的灯笼倒映在门前的碧水中。南宋的笙歌已远去，林花春红轮替的季节，二月烟色缭绕，时光却不会散去。再回江南，曾经拥趸的心守着不变的倾城，青衣卷帘，身姿如旧，眉睫下的眼帘在合拢时流露出不易察觉的清愁。

违了一场约定就错过今生，思念如单薄的叶子在枝头上舒展，像欲语还休的心情。梅园盛放的花蕊抖落昨夜的霜，只是春天已经沾了晴朗的眼神。那年的你走在西湖，白裙素衣，轻俏的伞遮挡行人的侧目。整个夏天，鲁莽与狂野的天气被这样的温婉征服，临窗倾身摘取的荷点缀了夏日红装。我看到的你还是朝阳的表情，在分离的遥望中，时光都被思念扎疼了双眼。天青

色的雨，滴落一季的殇，那一别，如今已被叠加的追忆稀释了少年的痛。二月，半抹淡红在贴近的目光里渗出怜惜，能收拢的记忆就在手中。

离开江南的日子，我走过北方的苍黄，也在长城垛口下寻找突围的城门，西郊山寺庙宇，我们在佛前一拜，所有的颠沛流离都是为承兑幸福而拼搏。离开时的乡音和青春被时光一寸寸削弱，面对失色的容颜，所有的珍爱都封藏在异乡的信笺中。北风刺骨的路上，你说起茶楼里一曲评弹中古老的故事，传说里暗喻的人生时刻点醒游子的盼望。重新面对故国，西子湖畔曾经的憧憬支撑这些年的两地相思。当年，带着满腔热血出走边关的雄心被岁月消磨殆尽，唯一留守的温暖在静夜的灯光下一梦天涯。那时的你，怎知现实的无情和谋生的坎坷。

愁云已散，再回江南已是春。一直以为，离开江南生命就会枯萎，而牵挂，还是骨子里天生的执着。千山万水后相聚，那壶龙井消除酣醉时思乡的燥热，熟悉的笑意挂在弯弯的唇角，再次说着多年前共有的梦想，声音不再是远古时空里模糊的呢喃。清晨，眼眸中湖水般的蓝清洗几十年来身上落满的尘土，弯腰烹茶的神采和那年一样，这一盏茶再也不是隔夜的凉。

顺着运河往前走，眼神中露出的神情是对小镇翻天覆地变化的惊喜。从清晨到黄昏，相携的手是年年不舍的期待。我们走过青春少年，走过春花三月，把多年的得失在今天补偿。经历的苦难被时间化解，用深情熨平思念的褶皱。“相留醉，几时重”的词句不再被血泪浸染，谁还嘲笑被时间颠覆的宿命？

走累了，在河边倚栏远眺，河面少许的游船漾开一圈圈涟漪。无数次漫长的冬天都被二月终止，却不懂追逐的自由孤单了另一人的等待，明媚了自己，却伤害了他人。入世之初，谁能懂得珍惜的珍贵？更不懂得一旦离开生养自己的地方就彻底失去了故乡。身上沾满的烟尘无法掸尽，很多漂泊的理由在今天说起未免显得牵强。如果无助的泪可以清洗欲望的杂质，我愿意陪你在故乡这条河里沉溺，重新回到我们青春的光阴，在夕阳下重生。

重逢三月，收起不切实际的梦，选择一条能走下去的路。弯弯的拱桥连接两岸，曾经作为代步的船成了江南独到的风景。过往的沉默不仅是无言的企盼，更有无人诉说的苦楚在孤独中学会接受。十几年中，挥手的微笑已是成熟的淡然，你若严冬后的梅，一树盛开，一世孤傲，冰心雪骨隔开春夏的喧嚣，把寒冷守成春天的完整。

水乡山色依然静卧，沉重的忍耐像是人生的炼狱，眸中的波光呈现一湖澄澈，含泪的青春又回到身旁。我们走进春天这场盛事，那朵梅也如抹在唇边的胭脂，清秀和安详同在。孤单与寒凉并没有让人丧失春天的希望，园中那一条落满梅瓣的路径延伸到叫家的地方，当你把胭红捧在手中，容我用归来的轩昂，陪伴你半世江山。

第六章：十里春风不如你

告别这个节日里所有的况味，以最真的情留于最爱的人。当一束鲜花和红酒点缀的爱情彰显少年心，一组数字符号从红尘沧海间转换，道出生命如斯的深情。

总希望被时间厚待，让红颜不老青春常在。目光拂过的黄昏随黎明一次次折返，寂寞庭院掩去孤灯照亮遥望的眼神，人面桃花和青衣素履被时光的墙挡住，谁还说梨花满地不开门！

节日的诱惑横穿半世情空，一支杏花恰如你的明媚，攥取了相对的目光。三两片嫩叶，四五朵粉色撑起江南烟雨，风中的盈白和丰满最终成就三月的模样。怦然心动的暖，潮湿了期盼的眼。岁月陈旧，多少人把爱情走成蹒跚的牵手，一句红肥绿瘦的词，便醉了今天的真情款款。

门楣上记忆的红在春天开始褪色，往事于欢歌之间的连接隔着看不到的距离。一支烟的背景淡了静坐的容颜，侍弄的梦在丰年化雪，雨中三两桃花已知春江水暖。冬到至寒冬将尽，四季之首开始一年的旅程。人生这条路上，总有一天，所有的辛苦和埋怨会变成感激，感激生命中自己不为人知的坚强和执着以及赐予苦难的人。在冬尽春来的温暖里出行，薄雾晨霜，挡不住一米阳光，摇曳在梦里的思绪始终是二月的一抹红。绝尘的荒芜静守千年不败的菩提，眉间三生写上红尘的婆娑，潇湘月下，可见江南水色柔媚。这一年深雪后的萧索，那时的你轻倚在写着“福”字的楹联前，在凝眸时等候归来的脚步。一夜的月光静静流泻在院落，连几支白梅都连起素色婵娟。如果今夜的归来还有情话说起，多年前子夜，月下打捞的魅影唱着离歌惊醒三更梦，哭的是亲人，痛的是你。

漂于天涯的游子渐显流离的苍老，青春最深的眷恋到如今吟成“花自飘零水自流”的词句。我听不到远古的弦音，也看不到一支箜篌弹起的两地闲愁。时光切换了容颜，欢娱的画面变得斑驳，一夜的寒等到春风飞度，帘卷西风月黄昏，谁在江南添香，求你一世平安。岁月依旧如初，却辗转了眉间风月，青烟流水画屏冷。接过行囊时一句嗔怨从口中轻轻抛出，眸中流下的情怀潮湿你的衣襟。阳光终于替代昨夜寂寥的月色，可怜九月初三夜，那些从心底喷涌的清泉洗净你的素颜，才懂得有些伪装的坚强，需要爱的护卫。

弄墨写痴，相思成字，一件蜡染的蓝布裙胜过丹青描摹的江南。秋蝉老了，窗外雪落，那棵丁香树下飞针走线刺出的鸳鸯招惹过失神的少年。十七岁的雨季，相牵的手掌蔓延缘分的纹路，相遇的天命便是后来半生的全景。韶华逝去，在坎坷与分离的转角青丝未短，重逢的微憨还有那时初见的羞涩。雪的凉都被春风取代，真情在相隔十几年的时光里再次相挽，我触摸到你衣襟绣上的桃花瓣，也握紧这一生白首的誓言，“几帧画面无声铺开，可渡的兰舟已过千重！”

春风拂面，已是开春向暖，在真实的背景下撰写有你的日月，三尺桃花映着不变的容颜，几行墨色描不尽追寻的艰难，把悲伤留在你看不到的地方，只用欢笑驱散分离的阴霾。过往的故事牵系游子的心，千重山水外青春的脚步不经意就走到中年，时间的刀雕刻原有的表情，只有一次次欢聚圆润了微笑的唇角。在冬去春来的日子里，怜爱存进彼此的眼神，拾起最初相遇时许过的诺言，熟悉的脚步踏着二月清风，在灵隐寺钟声里回眸含笑。

十年春秋，无需独自枯守这一季的冬，平缓的河面辉映夕阳的暖色，偶现的漩涡围着你的倒影打转。生命的骨骼在今天变得更加坚硬，寒冬磨砺的笑脸面对冷杀的红尘。无数个冬夜，思念的枝干萌生春天的希望，三月的某一天排上行程，远离长冬的苍茫与霜意，给重逢增添另一种柔感。

又是情人节，漂洋过海而来，比七夕浓烈的缘故也许是它伴着春天的向荣，讨得痴男怨女钟爱有加。每一份情都有归属的季节，而七月的葡萄架却是另一种江山美景，尽管带着遗憾，爱情里的残缺倒也彰显无遗，一条银河成了爱情的划界。喜鹊搭起的桥成就牛郎织女的相思，如果两情若是久长时，朝朝暮暮的思念在春天里发芽的时候，我相信，有一种爱在春天里重生。

爱情的形式留给了节日，生活却留给了我们，走进春天，季节再也没有肃杀的感觉。如果此时有一份浓情蜜意的鲜艳捧在少年的手心，岁月所有的情浓缩在三月桃枝，在退去的苦寒里拥抱一季春风浩荡的气息。花苞含雨，如经年不易说破的心事，那年的你低头走在桃花雨中，满树桃花开出一世红妆，从而成就了幸福的模样！

第七章：青春已老，有你最好

时间改变了你的容颜，也赋予了我坚强，一支烟焚烧了记忆，却抵不过回忆的冲撞。光阴照在脸上，路还在前方，最美的时光遇见最美的你，一千年烽烟已散，那朵粉色的桃花飘过三月烟雨，飘过城南旧事的门扉，在阡陌上绽放。暮色低垂，弯拱的石桥陪伴山水溪月，花灯初放，两支花的交叉碰落残冬的枯叶。那时，你身居江南，却不知道身处何地，一地星光碎了隔世的缘。

在宿命中苦苦跋涉，如果今夜的风动了软红，寂灭的冬滋生春的情味，含苞的雨也浸透古老的容颜。人面桃花闻不到马蹄声声，盛水的碗被时光打碎，请容许我回到一千年后，在二月的低眉里撩开原始的红。

那年今日，一碗酒从夜光杯里饮下，桃花岛上的横笛吹裂等待的心，隔空离世的忧伤许给年轻的爱情，在时光这端却无法复原。不远不近的彼岸花开正好，一阵风吹走了内心的阴霾，熟悉的身姿依旧娉婷，柔软的手指在桃枝上恋恋不舍，仿佛抚摸那渐老的眉峰。时间不算远，在四季走过的边关撞开久闭的城门，一个回身成就了地老天荒。我们越过流俗的阻拦，放下柔软的身段，为这一世迟来的相遇携手余生。

分离的日子不去猜测漂泊的行踪。月光、霜色如水银铺地，一城烟火在飘起的炊烟里袅袅，十五的花灯藏着缘分的谜底，千山万水经历我的归去来兮。雨水葳蕤了四野，分离的思念已经让人失去计较的缘由。君问归期，问别也无期，谁的脚步踩着一生不懈的勇气为你纵横万里，在行走的寒夜用一支烛光取暖，逐梦的希望剥去时光的茧，在生命交替中为你披上一件童话的外衣。

我们都是季节中行走的尘客，为那份信念将青春走成了白首。四季风雨为梦想留下三月的通道，这一处桃花连碧的风景足以消化半生血泪，将岁月的恩宠揽于怀中。我猜想，你一定有不易觉察的笑遮在长发后，宽厚的胸膛拥抱梦里的模样，穿越一千年，用时光筑起的围城温暖余生，桃花依旧笑春风，春天已经来临。

春风浩荡的季节，熟悉的背影从桃林深处款款走来，阑珊夜，谁用熟悉的笛声呼唤久远的离魂，在一盏花灯下破解多年的谜题。生生世世间，你的青丝拂过四季，散乱在黑夜的等待中，十五的夜露出少年红，拾一朵春色逃出冬天的围剿，一份温柔等到断肠，才知少年倔强伤了彼此的好。我们从陌地空城走向相同的路，那枚相思的骨刺从脚下拔除，城南的护城河外，邂逅一树盛开的桃花。

桃花如你，鲜艳的让人不敢触目，伸出的手还带着旧时余温，端起重逢的酒，曾经最害怕的事是一世分离不能相聚，桃花流水也成了过眼云烟。今天的你风华依旧，唇间的一抹胭脂红还似那时青春的娇艳。这一生等待没有被时光辜负，在看不见的时空，我们拥有彼此想要的幸福，不再畏惧离别。

当桃花凋落荷花开，唏嘘告别的少年心境在今天变得平静，很多奇妙的感觉从单一的离别中走出。七月的荷，为你的夏天撑起遮雨的伞，炎炎烈日燃烧亘古的爱情，燃烧时间的灰烬，择出美丽的因果。

淅沥的雨终于平息了冬的枯寒，春风启动了季节的日程，把桃树打扮得像模像样。这个料峭的季节，风已经失去了原有的犀利。告别江南的时候已经没有清泪涟涟的表白，甚至没有问起归期。我知道，人生面临无数的离别，最难熬的时刻已经成为过去，少年的肝肠寸断拌在眼泪中，早已干涸。如今，日子已经熬成了粥，成了暖腹的佳肴，那首七言绝句抒写在案前的墙壁，而生命的长篇架构等你来写。人生很多事与时间有关，在相爱的分离里，我们把冬天走成春天，每一处花香都是讨春的缘由。有些等待在爱的条件下成立，有些转身更是无情的背对打理着岁月，吟哦千年前的惆怅，彼此珍惜的河山建起相遇的华庭。幸运的是，那首诗的余味还在，桃花也依旧在红尘里袖手安坐，离别也是相爱的药引，这样的情境里，一碗水可以换做酒的醇香，在梅花渡雪的暗香里迎来春天。

总是把时间打理的井然有序，无论离别还是重逢都面带微笑，把一世情歌唱到极致。那个远嫁的春天，许下的诺言三生有效，桃木梳上三根青丝让怜爱有加。我们无法避开生死离别的定律，也无法绕过时间苍老的容颜，但是一定珍惜前世相遇的缘。所有的告别，也不再是当年的泪流满面。

第八章：时间深处，依然住着我的欢喜

这座公园来了无数次，每年寒雪来时，便踩着吱呀的雪走进梅园。十几年前的梅树如今已经有碗口粗细，那时，弱弱的枝条被风摇晃着，没有柳枝的柔软，只在呼啸而过的北风中发出一阵阵呜咽。冬末岁尾，曾经单调的枝头鼓起的花苞绽开了花色，才分辨出各色梅花的品种。白梅如雪，红梅如火，但绿梅如杏，以至于有人常把绿梅误认成杏花。

在众多的梅花中，最爱的还是红梅，一树火焰给料峭的春带来希望和生机。游园赏梅的人多了，空旷的郊外多了另一种气息。时间深处，依然住着我的欢喜，万千人中的你悄然走过，瞬间捕捉的画面却在镜头中留下永恒。

那天，隔夜的雪被阳光晾晒，你披着长长的围巾与二月相遇，阳光融化清寒，在时间的记事本上写下一页关于你的童话。再见时，梅花焕发出经年的鲜艳，一身素衣被喜色点缀，弯曲的小径却多了雨后的泥泞，更多了江南雨的淅沥。没有想到，当我把你的故乡在隔绝多年后走成今天的模样，你却留在我的北方重复我多年前漂泊的孤独。梅开的季节，最后一次说起三毛《雨季不再来》那篇文章，却不知道三月的江南还是雨的天堂。在照片里打量被

时间褪色的围巾，回忆的键盘敲打绸布伞下婉约的身影。雨过天晴，你就站在一株梅树下，七分浅笑掩盖三分惆怅。

时间终究老了容颜，在一次次离别的路口，是否等到少年的晴天。

用回忆减少孤独，一生约定成了白首偕老的信念，寒雪渡梅，也渡过今生等待的岁月。约好元夕后赏梅，却还原不了青春岁月初见的场景。如果这时候的心境和当年一样，落在眉间的胭脂红惊艳时光的苍老，双手拾起过往的贪恋，在同行时十指相扣。

走过河面上的栈桥，两朵梅也有并蒂的盛开，这世上，相遇相离都是天定。当年，梅园相遇和今天一样不早不晚，时间却在岁月中间横起天涯的墙。此时，天气晴暖，时间在身边悄无声息地流过很多年，才知道所有的爱情未必适合少年的憧憬。双手如若和那年采莲时一样温软如玉，时间一定畏惧相许的地老天荒。当你在梅下沉思，情缘已逝，额前亮晶晶的阳光融化眉骨的清寒。几十年间，亲疏不腻，离而不淡，从江南小镇到北方荒野的路上，故乡的一切还你不羡山水的美景，独守一亩花田，种下此生不渝的誓言。

四季依旧流转，左手夏天，右手冬雪，一个人打理生活中的冷冷暖暖，在岁月中随遇而安。我们都脱离不了红尘甘苦，从生活的况味中学会入世之道。当我们把自己变成曾经讨厌的样子，所谓成熟是欣慰还是悲哀只有自己知道。当年看不惯的人和事在自己身上重演的时候，究竟是生活教会了我们？还是生活改变了我们？面对纷杂的红尘，对身边人一笑了之的敷衍真的可以博得良好的人缘吗？人群的背后，谁又让思念回潮，指尖生花。梅红染了护暖的长巾，怎知道漫长等待中，风也萧萧，雨也萧萧。

把记忆拉回今天，多年前的笑容和今天对比少了飞扬的神采，沿着时光的通道一路向前，无论有多少艰难都要勇敢地走下去。梦想的阶梯有陡峭的艰难，一个失足可能就会坠落崖底。年轻时狂妄轻言，某件事发生就敢说一眼就看到结局，甚至一场戏演到中途就匆匆退场。当生活给予彻骨的教训，如今即使看懂结果也不再轻言断说。也许，这就是所谓的成熟，成熟的代价不是让我们都戴着面具，分不清微笑的表情下到底藏着几分真假。

此时，相机的镜头追逐行走的你，回眸一笑依然带着当年的纯情，在微动的梅林中留下光影般的传说。雨水洗净的蔚蓝天空下，此情此景多了几分心动的蛊惑，回想多年聚散的悲喜，欣慰的是两颗心依旧全心全意！

这个重逢的冬天，北风刮过的流言打着漩涡，几句走了形的诽谤倒成了别人相信的理由。几十年来，我们遇见太多不屑一顾的谎言，命运安排的缘分总给人添加考验的变数。你还是你，一瀑青丝到今天盘成利落的干练，只在重逢时抖落黑夜的心思。无须在相对时讨喜，也无须在离别时怨怼，除了脚步的轻快谁也看不出刻意流露的表情，风飘动你的发梢，倚栏远眺，阖目挨肩，瞬间忘却四季风雨时孤独的行走。

很多故事都被世人传阅，只有回忆温暖如初。也许，时间验证的冷暖注定这份缱绻抵挡所有的春寒苦冷，像梅树上傲然的花瓣在阳光下熠熠生辉。昨夜烟火点缀的星空照耀生命的璀璨，也不用说蓦然回首时你在灯火阑珊处，这一笔墨色写下多年来的卿卿我我，却在别人皱眉时乐此不疲。些许杜撰的情思只有你懂，如果有些话在多年前对你说起，那些离别的刺，怎会刺伤年轻的心。

今夜，月上柳梢头，有牵无挂的坦然在回首时无伤。这一树梅红是昨夜燃烧的火焰，在生命的涅槃里，在爱里重生！

第九章：岁月温软，写意团圆时光

花团锦簇的春天成为时光的写意，几朵杏花和雨打了个照面便显得越发鲜艳，屋顶的炊烟似乎也变得柔软起来，不再像冬季时，刚刚升起便被狂风吹得无影无踪。蜜蜂抖动弱弱地翅膀在花苞上打转，一只竹鸡扑棱飞起惊动了竹林寺的幽静，风中飘来一缕寒香，没有颓败的梅点缀这片绿色的山林。三月的枝头细雨蒙烟，走在竹林寺的路上，不必承受冬寒凛冽时刺骨的冷，只需一只蜜蜂的轻盈，杏花、桃花就把寒冬破解。

你的脸醉了一树胭脂，丢在风中的笑声穿越茂密的竹林，我只是在你到来之前等在三月的路口，昨夜的梦却走错了方向。这个明媚的清晨，远处山村的炊烟扶摇直上，记忆追随着阳光投进这片清幽的胜地，身影和梦合二为一。昨夜细雨蒙蒙，江南的巷子在星光下沉睡，沿着梦的方向找到了你，淅沥的雨悄悄湿了杏花。

在那段被雨打湿的青春岁月，我们时常说起竹林寺的一切，甚至初见时的那把伞没有来得及合拢，就走进彼此的生命。整个冬天，不仅等着杏花春雨江南的美景，也等着你从北方的城市重新回到故乡，炉火闪烁红色的火苗，偶尔炸裂的木炭打破了夜的安静。那时候没有空调，漫长的冬天我们用外婆留下的紫铜炭盆烧着木炭取暖，跳动在黑暗中的火花提醒着温暖的记忆。冬天结束后，我们在一场雨中分离。

杏花摇曳的三月，送别的伞沿留下不舍的泪，台历上写下归来的日期。几双碗筷摆在枣木方桌上，等我走了，你收起另外一只大的蓝边碗。从那以后，屋顶的炊烟都变得稀少，一包方便面打发岁月，即使春寒过后，满屋子还是寂静的冷。

三月时，桃花已开到极致，你走在山寺，燃起的香升起一条细细的烟在等待的春天袅绕，竹林外的桃花映红了脸，裹挟空气中清新的味道。习惯分离就多一份悠然，整个三月，你都在城市一隅安静的渡过，送走了傲雪的红梅也送走了我，孤单的身影和那棵老杏花树一样浸透在绵绵春雨中。每一个开始都是结束的前奏，就像即将到来的夏天一样会带走眼前的姹紫嫣红。时间像奔腾不息的洪流带走无情的光阴，在时间的背后，无形中老了容颜。

再回竹林寺，曾经破落的庙宇修葺一新，游人多了，香火鼎盛，那只紫铜的炭盆便成了可以收藏的古董。一百多年的时间在它的身上留下几代人温暖的记忆，那些冬天若没有它，我们的小屋会被冻结。它带着外婆的手温留在我的骨子里，呼啸的北风倚靠在怀里的温暖抵御冬天，柔软过青春岁月。当春天的花草茂盛心灵的家园，曾经的颠沛流离却没有让我们向命运臣服。杏花、竹林、山寺的钟声时常出现在漂泊的异乡梦中，包括你的长发剪了又长，长了又短。谁也敌不过时间，人的一生会遇到无数无法改变的事物，也不能预测生活中突显的变数，思念带着疼痛走到今天，欣慰的是：被改变的只是容颜，信念被理想依托，感受生命行走的快意。

在相隔的季节中守护，我们终于走到同一个屋檐，徜徉在山寺竹林，一朵桃花不再是昨夜孤独的绽放。在这样的风光里，蜂飞蝶舞，游人若织，却忘不了无数日子里各自城市的小屋内独守的孤单，朦胧的灯光照着案头的照片，也在梦里交换明天的憧憬。并肩走在桃林说着当年送别的场景，那页台历一直摆放在书桌上多年，思念的细节和等待的心语都写在那张纸上，甚至围着火盆取暖时丢进几粒玉米爆的灰尘都写进。回忆从手心沿着血管游进体内，伴着流泪的想念在心里乱窜。

谁也逃不出记忆的约束，他乡看不到的艰难被一个人承担，那些回忆就是一盏灯，让温暖成为梦想的指引。透过桃枝看你，树干的阴影随着阳光移动不再横在我们中间，专属于你的美丽和安详已经没有那年的青葱。走过弯曲的小路，脚印像平仄的韵脚蜿蜒在身后，填成一阕完整的词，走过崎岖的人生才发现：我们都是拥有幸福的人。眼前春色带着团圆的写意，那支笔一直握在你的手里，在灵魂的国度画一个同心圆，用雨的温柔孕育爱的花朵。

下了石阶，眼前桃花更艳，高高的竹梢几只斑鸠叽叽喳喳地在交谈着什么，春天在微笑的脸上流露，潜伏骨子里的寒被阳光蒸发。穿过竹林，一条山溪带着岁月的吟唱奔腾而下，远处传来佛音的梵唱，这片春花绽开春天的希望，连风都不愿抖落凋落的残瓣。年轻的生命中，太多远行的人等到今天，爱情的一滴血染红了春色，惊艳了一生的等待。

在温软的季节写意团圆时光，春雨润开一纸桃花，梦想跃然纸上。走过烟雨，越过岁月的沧桑，桃花从相思骨缝里盛开，在目光的对视中衍生今世的温暖。穿过季节的屏障，走进共同的季节，我们将青春和暮年一起拥入怀中，在竹林深处流连忘返！

第十章：用指尖的柔，摇一段岁月红尘

昨夜梦到一处风景时，画面中走来从前的身影，长发遮脸，仿佛还说着多年前的约定。醒来之后把所有的记忆捋顺，却看不到黑暗中藏在眼角下的秘密，你说：“乌镇、西塘都是梦里的故乡，那年的京都只有皇家花园浓缩故乡的山水，我明白，从你出生的那天起，名字中就有着烟雨的含义。”

那时候，太多的“好像”和“如果”都成了希望的代名词，我却吐着烟圈把一切咽下，故作深沉，赤裸裸的表白没有少女的羞涩，面对的时候也从来没有用正经的语言回应似真似假的玩笑。从春天到秋天，你屁颠颠地跟在后面走遍故乡每一个地方，当我从南到北走到今天，一些话就刻在心底，笑声和笑脸已无影无踪。多少年后，在江南某个小城重新说起那句玩笑的时候，时间已经走过很多年。你的长发已经披肩，在回到北方的那个七月，手捧的泉水和趟过的山溪在等待中体会到错过的痛，才发现当年出的难题是永远无解的选题，从希望的回应里走向另一个方向。

七月古都阳光炽烈，火红的石榴也代表不了青春的热情，你不懂那种软弱带着不敢靠近的情感时退缩的滋味，只希望在彷徨的时候冷静的决定。青春期类似的场景比比皆是，那个他退出你的生活独自安守，很多喜欢也带着青花的模样，胎身瓷实，泛白的色泽里支撑玉的骨。天光够不着天涯，不对等的距离远比余光中《乡愁》里那枚邮票来的遥远，隔绝的音讯都因为不在服务区而窒息。矛盾难以避免，你不会知道远方一次次按着数字键的手摔了手机的焦急。如果都是巧合，愤怒已经出笼，强词夺理的解释一次次伤了心，到最后所有的争吵伤了感情，毁了友情，更隔绝了爱情。

一旦成为路人，谁也不是谁的曾经，有人在错过的路口回望，也把曾经的悲苦分开造册，爱情弄成大闹天宫的喜剧，最后却以悲剧收场。如果记忆冒犯了时间，多希望那年七月你提问的谜题到今天给我一个正确的答案。

生活中，两个人之间永远没有对错，你设定的一切谁能选择？多年后，修长的身影比翼今夜的梦，红色的裙衫在水之湄带来夏天的蛊惑。也许回忆可以治愈某个人的健忘症，哭笑的缘分只留在三生石，你从梦里走来，戏谑的眼神打量江南夜下一树梅开，红裳素履，一双手试探夜的寒。把你的手按在胸口，雨就成了眼角的泪，短暂相聚的日子，唇彩永远鲜活在夜灯下，三月的雨告诉我们什么是成长的泥泞，几句玩笑就把蛮横化解。其实，有些喜欢是骨子里的刺，回忆不是把玩的对象，只有岁月可以捧在手心，像你端起的相机留下的四季春秋。

在你离开梦境之前送别，长发高高盘起，背影中还是当年的模样。三分冷暖，四季春秋，季节的分水岭上，爱情被婉拒之后，一个转身就浸透冬雪秋霜。时间把心熬炼成绝情的角色，连相逢都成了不敢许诺的畏惧，曾无数描绘过“桃花流水鳜鱼肥”，也在一方水土上传来无数风情的画面。只是你忘了严冬冰裂的湖面上用目光测量你走近的距离，希望却在寒冬里炸裂，冬雾中，看不见一丝春江水暖的缝隙。人性里的自私倒也不是指责的理由，不再怨谁把爱情走成冬天，消逝的场景寂寞落尘，三月后濯水洗心。

你从梦中走来的这一夜，旧时的喜欢辟成各自的沧海桑田，梦只能开花无法结果，约定的沧海谁能度缘。微笑是昨日的青春，却用今宵的回忆为你述说七月的故事。人世间，无数个回眸都不是留恋的眼神，梅下催春的季节嗜睡在有你的场景中，思念从梅花、雪中挣脱，用一朵花开的姿态笑说往事，那一处繁华已是早春独自凉。蜷在梦里，醒在今天，万般不舍是凝涕的沉溺，如果你的笑可以惊起一片涟漪，相思便可以走出迷津。波涛汹涌的三月三，一壶桃花酒度过生死劫，目光穿透我的身体，蔓延一夜温柔。

离歌在春天响起，不肯放手的心见证命运的结局，下弦月预约白发上的时光，一地清辉写成你的名字。辉儿，半生情安放在夕阳下，三月欢快的笑容属于那年的爱情，回忆的幸福揉进眉眼，一杯酒勾兑桃花的模样。岁月走了又走，用指尖的柔摇一段岁月红尘，无法估量的是：今夜你不请自来，推翻多年压制的记忆。眉弯的愁且化在梦里，抬起的手把沧桑抹去，转换承接时，阖起的眼帘躲藏今夜最深的纵情，微颦的眉舒展成初见的光阴，没有观众，没有喝彩，只用专注成全记忆的相逢。

梦醒时，惊蛰迈着急促的脚步赶来，黎明前忽然发现，三月的风颠覆二月的清寒，梦里的人在真情面前招供，虚伪的倔强抵御不了真情的顽强。有人可近可远，季节可寒可暖，不远不近的是人心，是对生命敬畏时的另一种沉默。

等到七月新荷开，一叶翠绿遮了碧水寒，青梅代替晚春花，湖面上倒映一双青衫素影，成为一梦觉晓的真……

第十一章：读懂风花雪月，走不出沧海桑田

时间把岁月吹成脸上的皱纹，半月照亮地上的影子。归巢的鸟安静躲在树丫上，风晃动分不清颜色的花，露水带着潮湿的雾朦胧夜的窗。

夜寒侵蚀梦的冷，记忆在纸上铺开，流年倚在梦中已慢慢远走。太阳落山后，黑夜拉开漆黑的大幕，已经开场的戏在每个角落上演，眉眼笑成幸福的蛊惑，只有戏装下的骨骼撑起了一个角色的定位。此时，春风渐渐柔软，掠过窗帘带来蜡梅的香气，谁家放起的烟花驱散漂浮的云。我的目光沿着一团易冷的璀璨延伸到无尽的天空，那枚星子如闪烁的眸子窥视人间每一个故事，过去的风花雪月像一本天书，谁也看不懂其中的章节。

爱情失落的版图是真情的缺失，青春的资本一旦被挥霍，轮回中的爱情都是苦涩的回味，我们不曾珍惜的时光像水一样流到今天，时间已经无情的改变了彼此的容颜。冬天的雪，三月的雨，四月的花最终被秋风烘干，只有回忆带着浅浅的痛偶尔硌疼了心，少年的鲁莽无形中种下今天的因果，那些苍茫和忧伤从岁月中席卷而过。读懂风花雪月，却走不出沧海桑田，其中不为人知的惊心动魄和血泪交融，有人争取到了幸福，有人在回忆中蹉跎。

看过花开花谢，依然无法预测明天，更无法洞悉人心，经历过太多的磨

难之后，才发现人性是最无法琢磨的东西，它在无形中左右人的行为思绪，善恶之间，一念之差就让人从天使变成魔鬼。尽管夜深人静的时候痛心疾首，无法追悔的过去还是在心头划上一道深深的伤痕。季节可以轮回，青春却不再回头，站在三月的雨中和春天一起上路，那年的花却失去了原色。三月如此清浅，细雨如丝，滋润天地万物，却带来路上的泥泞，连脚步也不再轻盈。多年前那个举伞的少女是抵达红尘的仙子，翠衣披在削弱的肩，在回忆中描摹某个笑容，用心血作彩墨也鲜活不了走失的形象。痛楚是无法跨越的门槛，写在日记里的痴言妄语在余生里皈依，文字里修行却躲不开尘世的侵扰，那段光阴成为纸上一段传奇，在翻起的扉页上空留一个名字。

谁年轻的时候没有独自吞咽的苦水，经历的故事沉淀在内心某个角落，多年后波澜再起，像沉寂多年的活火山，在特定的时候毫无征兆的喷发。如果只是因为一个回眸，你是否能和多年前一样在开满桃花的三月在池塘边唱着《童年》。然而，愿望终究是愿望，有些人和事一旦放弃，再回头已是身后百年。我们常常把随遇而安的词挂在嘴边，生活却会再次因某个人而平起波澜。也许那不是余情未了的蠢蠢欲动，只是心底的不甘让人滋生难言的焦躁，思绪投入酒杯或者一盏茶，一滴清泪化作涟漪荡漾在岁月的湖面。

阴晴之间，奔赴季节的约定，想把你走成三月的模样。几粒星光正好照进窗内，室内很静，而内心却有无数个声音在嘈杂。窗台上，几支梅花已经开到尽头，一盆水仙迟开的花如蒜苗般让朋友们打趣，绿色的花蕾只开在希望的春天，或者在人为控制温度时当下绽放。如此平常的日子里，我和很多人一样躲不开回忆的围剿，季节没有先后，只有轮替，走过的时光都在命运的轨迹上正常运行，就像二月的花，早开的已经凋零，迟开的才刚刚绽放。但是我知道那总归是花，是我在冬天亲手栽育迎接春天的信使，梅瓣从容落地，水仙青葱如玉，成为生命中不可丢弃的喜好。

半月西沉，白炽灯的光线和月色慢慢融合，水仙绽开花苞的声音，成就今夜一个人的风花雪月。江南某个小巷，月光孤独的陪你守夜，城市的轮廓被一盏盏灯光勾勒，拾起的回忆装进文字，只有月的清辉如水一般漫过记忆的堤岸。在红尘里泅渡，每个人都需要一个摆渡人，站在窗台下，地上的影子被风吹得有点变形。三月的前夜，只是因为一个声音在前面引路，就顺着一句话走进回忆的深处。你和春天一起微笑，在流逝的光阴中和我对白，夜风微凉，草长莺飞的江南在不久后换发生机，却覆盖生命中过往的故事。有人在岁月面前坚强，有人在命运面前胆怯。那年春天，谁在林徽因的铜像前说着你是人间四月天，又把青春的梦唱成悲欢离合的歌！

一个身影终于在时光的影壁上慢慢退去，西沉的月落在黑暗中，回忆余留的笑声涉空而来，和着三月的风扑打遥望的双眼。回忆和前世重叠，眉眼保留最初的震撼，离去的人恍若隔世，有些好属于过去，只用生命谱写自主的旋律。每一场风花雪月的故事里，谁的缘分能跳出命运的摆布？爱情的指向最终属于适合的那个他，爱和生命捆绑，只要生命存在一天，我们依然带着微笑前行！

第十二章：一壶春酒负桃花

春天把胭红染在树梢，一抹明媚写成春江水暖的情调，桃花成了春的注脚。有句诗歌在江南的天空下辽阔，那片花瓣中，是否留下过少年的等待？隔着冬天遥望，抵达梦想的那一季有人已在岁月中蹉叹多年。不再唱着跑调的童谣，青葱的朦胧里，爱在笔尖滑落，写出那年秋日里的悲歌。

走过青春的卓越，雨打湿岁月的遗句，那句话留在旅途中，随着长长的夜色隐遁。在一场春风里解脱，袖底繁花绾起那年的记忆，目光以潮水一样逼近回忆的城，在一支含苞的枝丫下拈起最后一抹暗香。盈目如旧，暂借的时光契阔梦中的江南，江湖夜雨熄灭十年寒灯，这场雨跟紧熟悉的名字，一盏酒，醉了梦里人。你感受到花朵上的温度，执手抚枝时的春波留在细雨轻烟外，如昔的笑声从记忆中响起，倚在树下的人，随花影憧憧。

时间匆匆而过，当一些人不再是记忆里的模样，就会在生活中慢慢忘记许过的诺言，当微小的坎坷轻易改变了初衷，轻言则寡诺的真理让迟到的明白变为讪笑。春的气息氤氲在雨雾中，在毫无准备的瞬间散发出一种无法言喻的伤感。那时与青春做伴，走在繁华的城市寻一隅而安，春花秋月在蹦跶的空间拨弄爱情的弦，却忽略了岁月中突如其来的磨难。一旦有人从诺言里脱身，不是说着辩解的理由就是无数的指责，仿佛天下人都亏欠了自己，却忘了伤过曾经为之奋不顾身的人。

迎着春风走在三月，想把自己活成当初的样子，多少年倾诉的对象已不是当年人。冬秋风吹瘦行笔上的字体，有些誓言蛊惑过不谙世事的心，只是有些诺言可以请君入瓮，最后用一句“那是你心甘情愿”来终结。

走着走着就散了，爱着爱着就淡了，所有的感情在时间里见了真伪，才知道有些爱只是自己一个人的事，消耗生命中不该付出的精力。我们在痛楚中成长，在失望里自省，偶然相遇的季节是前所未有的感觉，把生活中诸多的幻想和憧憬强加在一个人头上的时候，走火入魔般的情愫影响内心的判断，窥视不到生活中原有的真相。

爱的幻影中，总有人迷了眼，甚至在爱的蛊惑下不能清醒认识，所谓执着只是内心的不甘，犹如游园的人在一朵花绚烂的时候容易滋生折下的念头，把原本属于大众的风景占为己有。这是人性中潜在的贪念，把自己感情掺入争强好胜的征服欲，无形中流露出它属于自己的错误信息，这样的情感原本属于青春期的暗恋，却在成年人的身上也逐渐增多。是什么改变纯洁的本质，让爱情成了众人面前的走秀。城南四月，一个女子折下一束桃花枝的瞬间，我的镜头捕捉到一张不再年轻的脸，脸上的皱纹和脂粉比桃花还艳。看着她与年龄不相符的行为，心中有点遗憾，世间万物的美好属于自然，一旦因为某种独占的欲望，美丽也是不属于你的。移过镜头，也离开了被破坏的妖娆，当时的感触在今天写出来的时候，只想重新寻找三月的另一种美好。

昨天的雨下了一夜，三月翩翩而来，桃花、杏花在清寒中露出酝酿已久的娇艳。极喜欢古人那句“杏花春雨江南”，一夜之间枝头饱满的绽放停滞了路人行走的脚步，它像生命中美好的青春，料峭一季，丰姿十年。属于人生短暂的生命中，渐暖的一季我会重新回到江南，每日清晨在故乡的郊外散步，风过滤了内心某种等待的焦灼，习惯晨练时边走边拍，潜意识想把江南的风景多留一点在记忆里。风中的淡香在鼻端缱绻，不知道再次离开蜗居六年的故乡等着我的是什么。晨风拂动柳条，也吹着我的脸颊，不用多久，耳边响起的还是吴侬软语的柔婉，在草长莺飞的四月，感受花开花谢。

此时，柳烟盘旋在水面，春的气息愈发浓郁，梦里的一纸桃花开在眼前，记忆里的粉色沿袭岁岁年年。今天再看眼前的风景，无论是那年江南还是北方故都总能找到相似的颜色，只是桃花般的笑靥被时间改变，唯一能抱守的温暖就是邻水的吊楼上当年那声柔软的呼喊。几枝桃花斜伸在水面，花瓣中有经脉里鲜活的灵动。时间抹不去春的气息，来去之间，挂在笑容里的泪没有多年前的温柔。六年前告别之后，江南，你可否忘了梦里的行客，用一瓣粉红换来今春的等待，引我走进你的三尺门扉。孔尚任那把桃花扇喷洒在扇面上的鲜红如同相思的咯血，那位唱着评弹的女子，在十指拨弄的离弦上演绎过相同的悲欢离合，但她留得住守候，却挽不住大明江山的倾覆。

无需用记忆点亮春光，两岸排列的城市建筑便做寻来的路标，我们都不再是当年的模样，尘烟下的花朵陪衬世间流水般的光阴。游子归来的前夜，西塘两侧红红的灯影穿越过季节的轮回，一城烟色缭绕天长地久的传说，不息的花魂复生于枝丫，在携手的寒凉里，把生命交还给自然。

那身裙袂飘在三月的桃花雨中，渡岸的船头倚着孤独的身影，随春风走进桃花坞……

第十三章：回家

心归属的地方，就是家，一直这样理解家的概念。很多年以前在江南的小镇，孤寂的黑夜，一次次播放这首萨克斯曲。十几年后回到原点，家的路依旧漫长……

这个秋天来的时候，江南还是夏天，38 度的高温显示在天气预报的云图上，是一片火红的炽烈。记得几十年前在虎林，八月底的深山里，清晨地上隔夜的雨已经结上薄冰，缩手缩脚地走出门，风犀利地刮在脸上，混入跳着秧歌的人群，用于抵抗八月的寒冷。

一晃多年过去，从东北回来之后，从濒临破产的国企辞职回到江南，一呆就是十年。十年间，孩子大了，家却成了随身携带的行囊，那里面装着乡愁，装着生活的无奈。直到多年后闲赋在家过着码字旅行的日子，想把生活过成诗，而生活并不总有诗意。人生总是有缺憾，窝在家里几年时间除了文字，便是背着相机四处游荡，丝毫没有感觉生活的诗意究竟在哪里。直到那年春天，在一片花瓣上找到属于自己的归宿，又从满山的枫红中看到未来的希望。

有人说，时间是陪伴记忆的爱人，很多次独行的路上，还会想起这些年来深刻的记忆。赋闲几年后重新回到江南，这个离杭州不远的城市除了繁华，还有夏秋之际温差之间悱恻的缠绵。这种滋味属于我离开北方时在这座城市落脚之后的感触，在机场空旷的大厅想着远去的影子，再也做不到笑傲江湖的洒脱。北方的秋被人写的太多，唯独少了一个主角，你藏在灯影下，躲在微风渐凉的夜望着江南这片火烧云，电话里听着空调机嗡嗡的伴奏，有羡慕，也有惧怕这里气候的叹息。故乡的湖边秋高气爽，远没有此时我在异乡这般酷热，说起回家的归期，在初见的秋江岸上，当时的风刮起裙角平添安静的闲适。背后凝视，你坐镇的故乡天空永远是蓝的，蓝的让乌云都不敢停留。说实话，在闷热潮湿的浙中，总是怀念和你一起的日子，相伴峥嵘岁月，静看花开花落，很多年一晃就过来了。

不知道后来我们怎么走到一起的，握手言和时，彼此的隔阂被真情融化。毕竟都是红尘俗子，伸出的手抚平眉眼下的沧桑，在一串念珠上刻下你的名字。

那样的春天，田园风光有你独守，眼神沿着江面的洪流一路向东，不经意地就走到中年。岁月消瘦回忆，彼岸不再天涯，秋风路上出行，乡愁也只是弹泪的瞬间。缘分和福分总是相关，只是离愁也让红颜渐老，那些姻缘盛景从青春时一直不败，在轻烟缭绕的半夜，谁都看不到黑暗中藏着的泪光。

有些爱，必须以深情报答，走在季节轮回处，真心不仅说在嘴上，也要在一张纸上签上你的名字。生活就是这样，有爱就有泪，纸下端的朱砂印和眉心的颜色一样，从一卷词里落定。日记里的碎念总被一眼看出，走过千山，约好把家安在一个静处，不再承受风雨飘摇之苦。生命里流转的情怀不知何时被你收藏，眼神无形中解开精神上锁住的枷。如果说最好的尊重是爱的添加剂，当你完整剖开潜藏的深意，流水般的岁月带着微笑走向家的怀抱，你却用文艺的语言留下重逢时含笑的戏谑：

“你走了，天就凉了。”

那天走的时候，亲眼看见晴朗的天空下着太阳雨，头也不敢回，以至于临别的宽慰都免了。初秋的脚步越来越近，午后阳光带着刚烈被挡在窗外，采下其中的一米送你，温暖等待着夜凉。人心总是不足，情感的世界只容许我们独霸彼此的江山，每次告别时，你像个不懂事的孩子扯着衣襟，留下一丝深深的痛。

很多人都知道，临别瞬间，一张嘴就破相，不为人知的疼痛就搁在心底吧，等在重逢的路口拥抱归来的喜悦。风吹过来，桂花的香气婆娑春色的旖旎，长汀古道秋风凉，渡过那条江之后，千里外的笑语突破梦境里的距离，那盏烛光里的暖，可以驱寒。

从不对别人说起你，也不愿说起当年那些事。那时不谙风情，到今天才懂得离情伤了骨头的痛有多深，但也找不到灵丹妙药来止疼。还是你懂我，在寂寞的晚上说起那年常听的萨克斯曲，回家的路开始在眼前延伸。

回家，北方有你等待的欢颜，衣袂飘起春的紫衣犹如九月的薰衣草，一下就开满了秋天……

第十四章：轮回之后，梦里不哀

快下雨了，天气闷热潮湿，坐在桌子前想着北方的城市，秋会来的比江南早些。沉思回望，这一生中必须要感谢的两个人，就是母亲和你。过了冬天，另一个年度开始的三月，就永远不会冷了！时间的钟摆指向春天，那棵桃花树下，杏花林中，一地的花瓣染雪，醒目春的惊艳。

绷了一天的雨终于下了，清晨醒的时候，有细雨敲窗，淅沥的雨声应和这个秋，在四季的故事中寻找爱情的原色。轮回中，很多东西都会褪色，包括那些海誓山盟的痴语也成了笑话，几滴血泪流淌在生活中，浸透塬上那棵柿子树。其实，背叛不是最可怕的，可怕的是背叛的同时为了某种投靠而编造的谎言，充分利用自身所在的群体去获得同情和利益。于是，在特定环境的发酵下，被伤害的人反而成了元凶。

很多事物都有正反两面，有的离去早在意料之中，种种迹象表明，亲友的规劝并没有让蒙上猪油的心清醒。当秋天再来之时，竟突然感谢那份无情，它让人懂得什么是真，什么是假。这些浅显的领悟让你抿嘴一笑，把这段不耻的往事变成安慰的叹息。

顺着运河北上，过了五亭桥便是故乡了。当年从这里溯流而上，那时的你还在遥远的北方，一身红衣如盛开的梅，映红那场初雪。你说："前世一定有相欠的地方，这一世才会有那么多的苦难，就算是一种偿还。"其实，被捆绑的缘分多少有点俗世的欲望，蠓虫永远飞不进闭上的眼，这是一个道理。

从悲伤中站起，等另一年开始后回到江南故地，面壁静思的日子里，春夏匆匆而过。或者，越刻薄越不幸，短命的爱情和漫长的人生相比，有些苦难微不足道，只是后来的你不再为我仓皇和等待，也不会让经历的悲苦重蹈覆辙。少了无奈的相伴自然一心一意，也不会为一个谎言去小心翼翼圆谎。欣慰的是这份坚持成了最好的陪伴，也等到了这个十月后最美的风景。人啊，总是在放弃和坚持之间踌躇，以至于大好年华浪费了这么多年。当年沉默的心完整保留到现在，你赋予的安慰渐渐变成关怀，那个江南模样的女子从江岸上转身，余生，便把天涯合二为一。

有些痛在所难免，隐约的如同断过的骨头在阴天发痒，那些痛没有仇恨，也没有惋惜的成分，只是一种自责的醒悟。在八月的风中，那一句心疼的话颠覆所有的坚强，原来，包容的良善才能让人靠近，一直到不设防后的你来我往。

其实你不懂，生活的乱象让我们都学会了保护，用一些小心机，倒也能避开很多不必要的烦扰。人可以欺人，但不可以欺天，离头三尺有神灵，这个简单的道理，都懂，但是总有人侥幸。别担心，在这个世界上，谁都不会离开良善的人，当有一天不再为谋生去奔波，走出疼痛的囚禁，便是幸福。

昨日看到一篇文章，刺心，却很实在："人到中年的爱情，谁也别装好人。经历这么多岁月的洗礼，那些风雨算得了什么？时间锉去了锐气，也磨砺了性格，到了这个年纪，除了保留一份初心，对于灯火阑珊处的繁华与落寞，就当个看客，不参与世俗的争斗，也就避开尔虞我诈。”

重逢是意外，爱情不再是天方夜谭的故事，这些年的隐忍走成喜欢，一切都变得合情合理。只是到今天才明白，沉沦于不甘的心会让人变得迟钝，包括那么多年你在身后的守护竟然浑然不知。你总说我是个妖怪，从脱离那场苦难后变得睿智，其实，人真的不能看表象，一副颓废的沉沦活生生的像没睡醒的样子，甚至一句话都显得吝啬。只是很少有人明白，不老的心态除了宽容，还要有强大的自愈力和自制力，这样就会远离烦恼，一心生活。

把季节走成自己的声音，不再聆听别人脚步的嘈杂，这样定调之后，不知道这些年到底是谁在庇护谁？只是有些宠溺可以让人回到童年。未来的家，不是豪华的公寓，但是一定会装修成你想要的样子：开满鲜花的晒台，几棵葡萄盘旋在木架上，落满秋叶的曲径陪你走回家的方向。

那天，江风掠过鬓发，离别的叮咛犹在耳边，如果七月再次牵你的手，还能触摸到你手上的那枚订婚戒。回家的路上，别让雨雪湿了衣……

相逢即是宿命，重逢就是永恒。重生之后，梦里不哀，太多的情思织进生活的片段，在初雪到来的前夜，记下一抹刻骨的暖……

第二卷

手心的茶，身边的暖

情，酩酊一个时节，

目光点燃三月的火焰，鲜活旧时光！

第一章：手心的茶，身边的暖

身边的情，是手心里的岁月，不在身边的温暖谁也感觉不到。大四的那年，九儿，当你细说这个名字的来由，那时我们笑得像四月天。父亲的解释是九最大，你也是家中的老大，更希望后面有个弟弟来破解这个名字后面的顺序。那天说起这个名字的起因，看着你在学院门口仰脸长笑的恣意，腼腆时面面相觑，距离却被一双手拉近。

岁月蹉跎之后，青春的记忆顽固地依附在骨子里，像增生的刺，戳心。在时间流逝的每一天，一苇渡江的情愿总被风浪阻隔，重逢的希望留在每一个节假日，你的足下踩着江南的温软，以一身荷色面对天青色的雨。行云流水间，很多记忆勾兑情深情浅，三月绵密的雨像珠帘挂在寂寞的相望中。那时，坐在窗台前的你少了青春的躁动，誓言追逐一个漂泊的身影，隔着千山万水，离别的坚强被思念摧垮，雨留在玻璃上模糊了远望的天空。

爱情被婚姻的霞帔妆点，几年后，幸福披上一层喜色，阖目含羞的语言在夜半说起，却在短暂的相聚后各自南北。知道这个季节你会来，在扑面不寒杨柳风的桥上等着春天的惠顾，那人站在你的对面，青衫步履已无初见的洒脱，岁月的印记刻在鬓角额头，时间讲述这段岁月里谋生的坎坷与艰难，初爱和初春间隔的距离让自己都无法想象。温情属于离别的夜晚，一旦那个朝思暮想的人活生生地站在面前，“笑问客从何处来”的取笑被眼泪打断，扑怀的唏嘘中被抱紧的心疼已经忘了路人的侧目，眼角流出的热泪融化内心的冰。湖蓝色的温柔和江南的水色化作一天晴朗，清瘦的胸膛贴紧短暂的重逢，明亮的双眸已经向黑暗道别。

享受春的盛宴，感受爱的慈悲，三月重逢的日子，散发栀子花香味的长发铺在安逸的枕边，那盏烛火和多年前一样跳跃几下就不再打扰。所有的梦都蜷缩在回首的相望里重复约定的恩宠，那个远去的人在远方归来之后，伴你一城终老。

世上无数相遇都期待修成正果，江南雨水催生季节的葳蕤，也润泽寒冬里干涸的思念。春梅结果，荷叶露尖，时间总是难把一切剿灭，那些时光落下尘埃里的寄语，你从幸福的殿堂抱着希望的未来从冬天走到今天。半弦月落，无数个挂在窗口的思念总会等到月圆，生命的缺被孤独带走，信念，支撑孤独的日月。

黎明过后，轻寒不减，走过江南江北，你不再把他定义成游子的角色，那是为你远征的人，肩上承担所有的冷暖与悲欢。干裂的唇和粗糙的手掌在握紧的时候硌疼你柔软的心，滑过的指尖抚过双颊时再也抚不平额前的皱纹，像是一张砂纸打磨着岁月，却接住了你夺目而出的泪。或者，那道清泉在今天改道，把很多年习惯的痕迹予以另一种含义：为那个人哭，为那个人喜，明媚的笑和清泪掺和在一起，怎么都像那年的灯下喜极而泣时矛盾的对比。耳鬓厮磨的梦被命运无情叫醒之后，离别的身一次次被思念消瘦，从孤独的寂寞走出，把红尘里的情意演绎的至美至真。

相遇成就相知，相爱却不一定都能成就幸福，几千个日子里，谁用一双手缝补生活的漏洞，把岁月打理得井井有条。风雨兼程的背影一直走到天涯之外，懂得最好的相恋是贫富不计，陌上桑烟缭绕在故乡的屋檐，有爱的地方才是家。这些年，漂泊的梦里誓言没有滑落，对着南方一望再望，在落雪的北国递上梦里的衣裳。他走到哪里，你的目光就跟随到哪里，直到春风来时，三月桃花带着雨的轻柔，一滴心尖上的泪滴在诺守的眉睫。那时你一定会笑，那个人无论是异地他乡还是万里边关，目光终会把他引渡到你的彼岸。

少年的笑，青春的歌，天空的蓝和岁月的寒构成今夜的画面，在廊桥的古旧里，小巷石刻上，那些印记属于时光中永不消逝的回忆。也许，初见的石门巷前你就追随过一生的仰望，千万里之遥，他都把你背在漂泊的行囊。少年的青梅一次次在院子里落果，缘分的天空下，每个人的爱情只属于特定的人，昼夜长了又短，青春的誓言陪伴一世山高水长，把最好的自己，留给最后的人。

惊蛰后的春雷惊天动地，手中的伞遮挡不住斜风细雨，一个人的路上，潮湿的裙角带着青春欢快的节奏，涔涔清寒里少了孤单时行走的畏缩。这个世界上，每个人都需要依靠和支撑，拥抱的温暖不仅在怀中，更是平常时内心的需求和依赖。跟在三月后面的冷尾随幸福的足音，阳光风干曾经的泪痕，让离愁退避三舍。

桃红李白，清辉月冷，回忆时念叨一个名字，在今天温暖彼此的笑容。

三月三，举一杯酒邀月，月光下呢喃的话语直抵心尖。春雨潜入梦中滋润少年的情根，一曲花间词颠倒鸳鸯梦，所有的缱绻走出多年的困境，情，酩酊一个时节，目光点燃三月的火焰，鲜活旧时光！

第二章：把自己活成最初的样子

时间承载岁月，往事如流水，思念的网束缚红尘儿女，指尖滑落的桃花填补寒冬空缺的白。人生就是一场苦旅，磕磕绊绊走过今天，相爱的本意被现实揉碎，曾经相见的欢喜写在泛黄的日记里，故乡和驿站流落的身影被诺言摆布，有人却在尘乱中迷失。

翻阅时光的记忆，回首某段不堪的往事检讨自己，倚窗对月，酌酒自省。庭院深处，花开花谢就是从繁华到凋零的过场，风卷起窗帘，阳光下辨认模糊的影子。季节就这样默默地走到今天，除了风的温柔和雨的叮咚，冬季的积雪只留在回忆深处。在过去的时间里，很多事很难用过眼云烟来形容，那些惊天动地的岁月从平凡中走来，经过发酵后散发的醇香带点苦涩的余味，打扰内心的平静。

风云再起，耳边滑过的禅音不再是当年那座山寺传来的梵唱，平日里忽视的碎念和小景铺开在眼前，已经记不得是哪年哪月留下的痕迹。苦思冥想只针对清晰的片段，只是有些事物在无人问津的喧嚣里被时光过滤之后，只留下枯瘦的骨架，一旦失去内心的平衡，再多的补偿已经不能让血肉丰满。经过红尘煎熬的身心像被剥去外壳的板栗，露出一颗紫檀色的悲心，少了一些扎手的锋芒，它裸着身子展现最初的表象，却再也回不到青葱的岁月。

那天在山里路过栗子林，风摇摆枝头上的果实带来童年记忆中的欢喜，小时候总是把榛子和板栗认错，以至于被同伴嗤笑。微黄外壳下包藏的果肉在入口的瞬间有点涩，却是从童年到现在都喜爱的零食，以至于在京西小巷口闻到那阵香味时吸引我飞奔而去。卖桂花栗的姑娘铁铲在手中飞舞，黑色的铁砂和桂花在热浪中翻滚，她抬眼看着气喘吁吁的我，不知道是炉火的蒸烤还是其他原因，胭脂在颊上泛起的娇媚给我留下深刻的记忆。我想到了江南十月，从山里捡拾的栗子在课堂上成为果腹的佳肴，咀嚼的清脆留下童年的美味存在舌尖。那时有很多简单的快乐，今天，身上的锋芒却被时间的火焰融化，成为一场无形的修行。

总有一天，你给别人的，时间都会加倍还给你。所谓前世来生只是佛家的理念，而执着却暗合了某种含义，最后升华成内心的愿望。我相信因果轮回，不相信来生，能把握的只是今天，一旦把妄想放下，就能回到自己的初心。光阴的通道里，我们都是沿着命运轨迹运转的个体，在无常的轮回中感受红尘的喜乐，尽管不能随心所欲过想要的生活，但是一定可以活成自己最初的样子。见过很多说好生死与共的人，也听过那个人说的海誓山盟，而现实的刀无情举起的时候，闭口不谈当初连自己都不相信的神话。爱情被无情嘲笑，真诚被现实利用，面对这一切谁又能做到无动于衷？爱到不能爱，恨到不能恨，有人哭就有人笑，还有人选择干戈相向，让花好月圆的梦想变成情海的劫难。

活过只为爱过，都说年龄越大心越软，无数劫难磨砺过坚韧的心，也沉沦过目光短浅的人，眼前的利益蒙住双眼，到最后变得碌碌无为。生命只是泅渡的过程，无论眼下有多少悲苦，只有抱守信念才不会被现实的磨难洗劫一空。梅花落雪时依旧鲜艳，枯草百折后依旧峥嵘，这些和生命息息相关的事物，在山重水复后柳暗花明。

“离离原上草，一岁一枯荣”，那样的生命，属于顽强不屈的人。

偶尔想起京西那个卖栗子的女孩，到今天已嫁作他人妇，含羞的脸带着勤劳的坚毅已经得到自己的幸福。古人说：“除死无大病，要饭再不穷。”意思是说人生除了死亡有些病痛算什么，再穷无非是去要饭。这是最简单的禅理，也是励志的自嘲。生命的真相只有一个，关键是每一天要活的脚踏实地，没有轰轰烈烈也有简单的快乐。人到无求品自高，真的做到心静如水，少了攀比的痛苦，就多了幸福的快乐。欲望和理想绝对不是一个相同的概念，大千世界，有人隐居乡村野岭，几间茅屋内素食充饥，有人灯红酒绿奢华无度，这些都是人间烟火，只是需要用心生活才能营造不一样的人生。

我们都拥有自己不同的生活，都有着不一样的经历，投入红尘，修行在各人，拥有一颗平常心感受生命的历程。看月圆月缺，走千山万水，经历春夏秋冬，从青春的卓越中走向成熟，无论竹影摇风还是寒雪铺地，再多的清冷也不乏最爱的人赋予的温暖。那就是生命的力量，支撑一路走来的艰辛，当时间洗净岁月的铅华，还可以走在故乡的小路上，看夕阳如火，说城南旧事。

灵隐山下虎跑泉边，你和我说起这些年分离的缘由，少年和青春你都在场，宿命也阻挡不了世间姻缘。长亭古道，芳草萋萋，记忆被掩在岁月的废墟，走过的路更显从容。风雨兼程的十几年中，除去“人到无求品自高”外，还记得“人间有味是清欢”也是生活的一种态度，多一些真诚，少一些虚伪。那时候，口中哼起的旋律在李叔同的墓前应景，没有竹笛的清脆，只有山风吹过竹林，夕阳从山巅斜射下来，那段记忆成为韶光里的断代史。你就在斜阳古道下伫立，直到穿越长发的手露出第一根白发，才知道所谓的风华绝代在每一个人身上都能体现。

生命不长不短，在这夕阳向晚的日子，交织的光影中走来了你。流年会慢慢远离年轻的字眼，在平凡中共老，我们还能活成最初的样子，守住一颗入世的心。

第三章：愿你的明天一如过往

季风吹过梅园，梅园梅开，春还在。但是失去春天的人，心里永远没有温暖。

路过母校的时候突然萌发去看看校园梅花的念头，保安礼貌地伸出双手拦住我，我编了个难以驳斥的理由，他客气地指着教学楼说：校长在三楼右边第四个门。

这一切倒也没有说谎，毕竟校长的电话和姓名我倒背如流，他相信了我的解释。走在鹅卵石小道，园林式的校区和上学时候相比真的是天壤之别，玉兰花亭亭玉立，梅花迎春交相辉映。忽然想起古人那些写春天的诗词，也想起语文老师在课堂上严谨的表情。几十年过去了，有一天我孩子的孩子也会来到这所名校接受最好的教育，只是此一时彼一时，他接受的远比我当年要好出很多。

这是一个晴朗的上午，校园内除了朗朗的读书声，四周寂静无人，一枝梅花斜横，在三月伸出落寞的丰姿。它没有凋零的悲戚，也没有逝去的哀怨，寒冬酝酿的希望在花苞里绽放，用生命去领受属于自己的一切，无论春寒料峭还是风雪相加，始终坚守简单的信念，展现顽强的品格。感叹母校焕发的生机，在我离开的那些年和不能抵达的空间里依然留下青春的记忆，静看花开花落的状态，默随流年中喜怒哀乐。夕阳从楼角处斜射，蓦然看见白梅的最后几枝花开得正艳，阳光透过花瓣，白的如雪，晶莹剔透。昨天的雨洗尽枝头落下的尘埃，那栋灰色的老教室前，墙壁上的爬墙虎冒出几片绿叶，和远处的风景相比，这些古旧的气息丝毫没有衰落之意。几片花海吸引我的目光，以至于先去拜访老师的念头退而次之。到底是春天，我喜欢这样的季节，在温软的时光里回忆多年前的记忆，校园敞亮一新的景色让人忘了时间的无情。忍不住停住脚步，聆听朗朗读书声，仿佛瞬间回到了少年，梅花、杏花妖娆地盛开，透出的气息包围着伫立在树下的人。一茬茬的学生走了，留下的是永远的校园，那些房子度过岁月披着风雨一晃就是几十年，只有那些花还在开，从来没有辜负过学子的心。

各奔东西后的人群中有我们熟悉的身影，包括那些暗恋的时光在转身后带着的唏嘘。含泪的告别总是那样艰难，脸上的青春痘、微露的胡须像针一样刺出皮肤，那时候我们还不敢说不负春天的词，甚至一瓶汽水也醉了当年。记得哭的最狠的你，长发和肩膀耸动的时候沉默了所有的气氛，在心知肚明的暗恋里，十八岁的花季和春天一样盛开，只是那个七月的表情带着雨的肆虐铺天盖地。

就那样走了，离开我们四年的校园后各奔东西，古朴的梅早就开出茂盛的叶，一池荷花在朱色的亭台外昭示另一个季节。无论走向何方，青春的花一季季盛开在各自的生命中，谁也不会在意谁的寒微或富贵。告别的刹那，相信那些花迎接下一年级的学子，同时也送走我们这一代人。

经年过后，总算不负春光，走在路上的这些年，你如一株梅花傲然，那时有信从远方来，轻声说起当年的故事，你却是独自开成南疆的红柳，把故乡的根深扎在边城的沙漠。塔里木、胡杨林，萧瑟的域名和憧憬里的风情有多少不可思议的夏天就这样在书信里流逝，当我走过黄沙万里，你在阿瓦提的学校迎接我的时候，白发在你的鬓角早生。一群孩子在你身后用陌生的眼神听着和你相似的口音，一个个仰脸的天真瞬间感动了我们。

你如戈壁上的红柳，没有梅花、杏花的娇艳，花穗柔软的像少年的身姿，却把一场有去无回的悲壮留给故乡。对于生命而言，我们都似一棵开花的树，尽管没有人走在开花的树下，那些花也能独自芬芳。

嗟叹是命运赋予的无奈，每个人都在生命的个体中孤独的生长，背负一生的理想，用淡然的姿态把生命的种子抛下优美的弧度，洒在自己的土地。夕阳如火，大漠连天，青春的卓越在开放之后，时间也把我们送进冬天。青春悲壮的退场，少年的梦想成就今天的从容，任凭那些风霜白了少年头，不说空悲切。

告别阿瓦提秋天的胡杨林，也终结异乡漂泊的梦，从青春到白首，总有一些说漏嘴的安慰让人无言以对。沿着丝绸古道回到江南，负了的青春被时间沉淀之后，才发现谁也不曾负了谁的少年。家境，现实到现在为止还在考验着年轻人的爱情，所谓门当户对是永远迈不过去的坎儿，容颜和激情被时间剥落，不再希望今天的你在咬紧牙关时还强作欢颜。谁都有疼的时候，有些痛不是咬咬牙就能止痛，从透过玻璃窗的一张张脸上我看到你青春的影子，人生只有经历一次次退场才懂得珍惜，只是青春的花已经凋零。

在校园朱红色的亭子里坐下，手机摄录的镜头早已没有当年的你。想起二十年前独木舟前滞留的笑容，塔里木河已进入枯水季节，戈壁上的胡杨也镶嵌金色的光环。世上有很多不能重复的往事和花一样的年龄沉入记忆后，不能回到过去，只留下最初的感动。这些梅花还在，就像关乎于那年的记忆一样常开不败。在没有触摸的时光背后，一树青梅留下坚实的果实，在坚硬的外壳下我们保留一颗少年的心，在故乡的土壤中生根发芽。

铃声响了，下课的孩子蜂拥走出课堂，熙攘的人群中，仿佛看到那年的你穿越时光的隧道含笑走来，在那棵常坐的梅树下吟哦陆游《咏梅》的词句。

“驿外断桥边，寂寞开无主。已是黄昏独自愁，更著风和雨……”

第四章：风中剥落的花

春分，在温软见暖的季节，早春的花开始在风中剥落。

如果，温暖代替了冬寒，被驱散的记忆也如流水，帘卷西风，人比黄花的时令从岁月的变更中变调，有多少记忆被时间冷藏。萧瑟红叶上余留十月的手温，只是今天摘叶的手和旧时截然不同。柳枝婀娜，桃花盛开，烟柳云水处，断桥断了，无人愿意把西风吹断的眉弯在今天重描。冬不知去处，人不知过往，料峭时忘了回忆，却不能忘了远方的远方。诸多思念如柳枝抽芽，一季沉睡的妄想中，春分来时，人却走了。

还在作无谓的念想，从灵魂深处作无谓的抵抗，风虽柔软却依然带寒。这些年走过的路上，多少人忘了曾经说过的话，不再提及跋涉的艰辛。远山披黛，江南一抹水色润不了黄土飞尘的土地，姹紫嫣红的景色只能遍布在故乡的湿地。初冬来临，总会莫名的想起那年北方的白。那是燕山雪花大如席的装点，几串山里红在雪压时傲然仰起头，像二月的梅花从浅雪薄霜里绽开迎春的表情。陆续而来的春光有点肆无忌惮，玉兰、迎春、杏花相继露出笑脸，满眼春光的世界我只怀念被雪覆盖的一点红。那是青春跳跃的灵魂，和思念捆绑在共同的季节。北风呼啸的城市，可曾忘过站在寒风中向着春天宣誓的诺言。

只是，有些人已经离开，失焦的目光看不到天空的蔚蓝，各奔东西之后，多少行客的梦成为笑谈，在忽然来到的春天浪迹天涯。四月来势汹汹，夹杂的回忆带着酸甜苦辣咸渗进脚下的土地。不再远行，思念的念头被理智的眼帘合上。满目春光上，江南烟柳处，无数被忽略的风景掀开五月慵懒的眼帘。那一年的雪还没有来得及留在镜头就已经融化，带着遗憾从北方离开，江南的水却融化了一季的冰。我们开始被春天滋养，在苍凉的世界寻找自己的绿地。花海中，看着无数游人拍录温暖的春景，几树嫣红能否点燃沉睡的心？

走在湖边，一阵笑声牵引着脚步，打开春天的窗帘，扑面不寒的何止是杨柳风。春分已知游人意，柳岸斜风带客归。我不是客，却把异乡走成了故乡。昼夜与寒暑平分，生命和季节峥嵘，在岁月的路上，多少花开枝头的日子，有人抛弃故乡去看远方的风景，却忘了身边的景色，远方难敌。昨夜东风至，桃花吐蕊，你的长发在黎明时梳理，双眼盛满一湖湛蓝的湖水，纷飞的花瓣在风中剥落后，留下娉婷的花萼，结成夏季的果实。

花影憧憧，人声喧杂，浓雾中的花树和氤氲的湖面辉映，营造出醉心的意境。杨柳依依，眉弯惹了一川烟雨，旧时堂前燕蛰伏的翅膀飞过十里桃花源。风轻旋你的翅膀，轩窗紧闭，有人轻唤儿时的名字，一盏杏花村醉了重逢的平仄。

春风烟雨楼台外，红玉兰也不甘落后，在粉色的杏花前妖娆着身姿。但是，目光接不住它零落的脚步。暗香浮动的梅是迟开的一枝，月下黄昏时孤独依旧，有人拂去它短暂的愁，却忘不了一世的忧。

朋友说："繁花入眼，年华入殓。"草色青青的五月，相遇的迟，却撩不开微笑的问候，长行的日子谁也不能和春光相伴。有些话衍生不出旧时梦，少年的幻想从姹紫嫣红里出走，尽管"桃之夭夭"，也不一定"灼灼其华"，在最深情的时光里回忆，爱意横流的岁月承载不起青葱的混沌。冬天离开后，我却读懂了春分的另一种含义：春分是古人祭祀的日子，我们能凭吊的唯有残留的往事。古人说："春分到，蛋儿俏"，尝试流传的习俗把鸡蛋竖起的时候，游戏也只是安慰失落的希望。我们终究抵不住春分的诱惑，在风的和声里看生命的花苞翩翩打开，又一瓣瓣随风飘落。那些软红沾满行人的眼波，只有白色的玉兰忘记最初的懵懂，毫不保留地把花开个透，但也避免不掉早早凋零的命运。

尝透春天带来的快乐，对于满园春色不再像当年那样充满惊喜。习惯于安静，守护城市之外的沧桑，三月的桃花裹着青梅的愿在一壶隔夜茶里清醒。等你的江南把春天托在指端，生生带着那年的笑靥，参差的花海中，花开的声音，在午夜时传递春红的讯息。

春夏之后，还想陪你在蒹葭中行走，过往的记忆添加属于我们的秋冬。那时，北方的薄雪映你一身红衣，山寺的梅给荒凉的二月带来炽烈的奉迎。千山万水又如何，当目光刺破等待的囚笼，那一束丹心完全不输于现在的天光。此时，今岁的江南应该是尘世最美的景，我们从懂得到寂静的相依中走到今天实属不易。不痴于鸳鸯梦，不屑于同流合污，在春夏秋冬的流转中，铭记对岁月的恭敬，执着于心。

一只黄鹂从树梢惊起，在掠过的湖面带起一圈涟漪。我想，今天的你一定是带着笑靥陪伴幸福，也会想起从季节深处传来的马蹄声声。看着分花拂柳的游人消失在视野，临水的岸边独自沉思：谢谢你，那些聚散离合的日子有你的送别，让另一个春天无悔！

第五章：春意成诗

行尽江南总是春。几年前这句话回想起来，已经过了一个又一个春天。

爱上摄影纯属偶然，因为爱好旅游，才喜欢上摄影。其实，当时也就是会按个快门，导致单反很多功能到现在才略知一二。让我对摄影产生浓厚的兴趣，是因为网上的一句话：“你要爱他，就教他玩单反；你若恨他，也教他玩单反。”当时不懂这句话的含义，但摄影师的一句话让我无地自容。

“很多人以为按个快门就是会摄影，其实糟蹋了单反……”

我知道她是省影协的理事，更是当地影协的秘书长。她傲然的目光里投出一种居高临下的表情，长发半遮着脸斜靠在背景架上。那样的话和语气破坏了她外在的美，但是我想，这样的性格，没有过人之处岂敢如此狂言。

偶然的机会在摄影网看到她那组获奖的“春意成诗”，熟悉的名字在一连串的光环下让我不仅赞叹。一个少女走在春天，湖边氤氲着浪漫的气氛。薄雾青烟，绿意满地，那种柔美似幻非真。白衣少女宛若仙子走在春天深处，春意吸引观众的眼神，举手投足的美从画面中直击内心，令人叹为观止。

人与人之间总有一个从陌生到熟悉的过程。那天，她孤傲的语气曾让我退避三舍，偶尔去影楼看到她也躲之不及。但是，不得不承认，看着自己拍的那些图片真的是糟蹋了风景。于是，婉转的和亲戚说了想学摄影的念头。他哈哈一笑，便把她喊到我面前：“晓梅，给你个徒弟，有空教他怎么玩单反。”

她抬头看了我一眼：“难怪常往这跑，想当徒弟啊。行，别怪我说话尖刻就行。”

毕恭毕敬地喊了声老师，她哈哈大笑：“老师就算了，喊我李晓梅吧。有空了我带你采风，一定要多拍。谁让你是老板的亲戚呢，以后你还得多关照。”看她嘻嘻哈哈的表情让我有点不知所措。亲戚拍了拍我的肩膀：“你别介意，她就这样，但是很敬业，人也不错，别担心。”

那天就算拜师，晚上几个人吃饭，距离无形被拉近。碰杯的时候，她调侃道：“听说你很闲，还是个写字的，明天有空吗？和我一起去湿地，对你们这些搞文艺的也有好处。”

这让我有了意外惊喜，于是爽快地答应了她。第二天清晨，早早在路边等她。我们钻进白色的大众一路绝尘而去，城市慢慢丢在身后。

走进湿地，梅园的路上已有三两行人，园丁在修剪梅枝。养花的人和赏花的人心境也许不同。晨雾淡淡，空气中散发着幽香和清新，一些花安静的承接着雨露，鲜艳中含着冷幽。

取出相机，支好三脚架。她甩了一下长发，说道：“摄影不是走马观花，有时候为了拍一张照片我会在一个地方待半天，除了角度的调整和光线的应用，更重要的是要拍出花魂。”

寥寥几句，便让我刮目相看。以前捧着相机都是逐花随流，更不知道花魂应该怎样在构图中表现出来。梅园有各色的梅花，红的像火，白的像雪。清晨的阳光从梅林斜射，亮晶晶的露珠如透明的钻石在花瓣上闪烁。早春的梅早已忘记一场雪的清寒，把冷香开成春天罕见的魅惑。

看了晓梅一眼，感觉她的骨子里真的和梅花有点吻合。清颜无饰，少了俗媚之气。这样的女子当如梅，偶尔的盛气凌人如遒劲的枝丫，却带着一缕暗香和沧桑。

微寒的春天，三月的风依然料峭。从镜头里看一朵花的世界，她细心的讲解让我茅塞顿开。难怪她那天那样说，在她面前，我充其量也就是会按个快门，专业性的语言暂且不说，仅仅是光线对画面的影响就已经让我汗颜。对着一树梅花转换角度，太阳不知不觉已从天空直射，花瓣上的露珠干了，她指着斜横的断枝上几朵未放的花苞说道："你从四个角度拍一组。"

拿出自己的相机打开电源，严厉的声音传来："用我的相机，不用三脚架你能捧住相机吗？别以为会按快门就是摄影，任何轻微的颤动都会影响画面效果，你不会不知道吧？"

看着这个比我小好几岁的老师瞬间变脸，心里突然有点不舒服。刚才和颜悦色，转瞬冷若冰霜，感觉这样学摄影有点窝囊。她似乎看出我的心思，跟着又来一句："我不是带你来玩的，也没有这个时间，按照我说的做。"

拍完一组，她凑过来看显示屏，我皱着眉避开她头发上散发的味道，那是带着栀子花的香。心里不由嘀咕：总有一天我要你喊我老师！心底话还没落音，她转过头来对着我说："其他方面你也许比我强。我从业 16 年了，摄影嘛，你就委屈几年吧，有本事就让我喊你老师！”

我彻底服气了，这是个什么样的女子，竟然一下洞察我的心理。都说女人如花，她应该属于梅花，除了冷香，还有孤傲。

午间，我们去了渔坊，路上我一言不发，其实不是生气，是惭愧。相机买了三年了，自以为有些照片拍得还行，谁知道在她眼里我却只是个会按快门的。她上船坐在我对面，俏皮地笑着说：“受不了委屈就做朋友，我这是职业病，你别在意。今天辛苦啦，我犒劳你吧，免得你去老板面前告状。”说完抿嘴一笑。看着她妩媚的样子和刚才判若两人。

船被湖水轻轻摇晃，岸边的迎春花灿的耀眼，她抿了一口饮料忽然轻叹一口气，迎着我的目光呢喃：“人生和那些花一样，来不及等你用镜头记录，青春就过去了。到今天我才发现，最好的时光不是今天，也不是你有多少光环，而是少年和青春里无忧无虑的岁月。我学摄影是为了养家糊口，你学摄影是为了充实生活和爱好。但是，既然我答应教你，就会尽心，希望你能理解。”

看着她淡然的表情，声音中带着极强的杀伤力撞击着我的内心。我不知道该在这个熟悉而又陌生的人面前说什么，却深深地感觉到她是个有故事的人。在她“春意成诗”的获奖作品里，那个走在春光下的女子，是不是她青春时光最好的怀念？

午饭吃了很长时间，一是为了休息，二是为了等拍下午大湖的落日。聊天的过程中，知道摄影已经成为她的整个生活。走在湖边小路，傍晚的云带着祥和的柔软，霞光和蔚蓝的天空多了些暧昧的温暖。明黄色的外套吸收夕阳的光辉，面对湖面，夕阳下，波光粼粼的水面有几只天鹅在戏水，这样的场景展现了生命与自然的另一种缠绵。

“你喜欢夕阳吗？”她忽然转过头问了我一句，目光又投向远方。

刚想说点什么，转而语气瞬间生硬：“拍照吧，有些东西不是一天就能懂的！”

细碎的解说中，夕阳已经坠入湖面，刚才华美的意象留在镜头中，却有点意犹未尽的感觉。我们顺着另一条道返回停车场，语气和她的身段一样又变得柔软，问及我的过去，说着和摄影有关的话题。晚风和上午相比多了寒意。路上我们没有再说一句话，再见的时候她丢下一句话：

“人这辈子不仅只有春天。有空我带你跟团去西藏采风，在那里，你就会知道什么是风景！”

第六章：我们是彼此无法厌弃的余生

来的时候花开，走的时候花落，转季之间就是人生。青葱狂妄的少年和鲁莽的青春在经历一次次头破血流之后，时间让我们知道了什么是成熟。

人生如春秋，呱呱坠地的哭声喜悦父母的眼神，蹒跚学步时摔跤的哭声心疼过牵着手带你长大的人。生命的独木舟从此岸渡过彼岸，哭笑之间就告别了青春。从寄生的屋檐下走出，外面的世界不再是憧憬的精彩。生活的浪花沉浮我们所有的体验，有的人涉水上岸，有的人被浪潮卷走。青春陪伴梦想，多年后，才发觉红尘的历练是般若之苦。

“弄潮儿向潮头立，手把红旗旗不湿”。十八岁的少年和江南联系在一起，一片绿色的军营成为青春里的一首歌。和平年代硝烟不再，生活依然步步惊心。十面埋伏的人生有多少事出乎人们的意料，诗词里的人生除了豪迈与壮美还多了励志的拼搏，也相信人定胜天的奇迹在岁月中得到体现。

日记里的字迹早已模糊。达到一定年龄后，记忆储存卡上留下的故事被时间模糊。通讯录里看着熟悉又陌生的名字，有些印记早已面目全非。能约到的同学有相逢应不识的尴尬，电话中一句“你是谁”就截断了后面的话。撂下电话核对那个名字，讪笑中重新按下播出键……

找一个合适的时间和同学相聚，他们的风光与我的落魄无形中形成对比。那些年被追过的女孩有几人缺席，唯有素日里大大咧咧，走动频繁的人相聚一起。“物以类聚，人以群分。”这话见证了今天，如果用“人生成功与否”来衡量交友的标准，“日理万机”这一词只是婉拒这次聚会的借口。

一壶茶，几杯酒，寒暄之后落座，竟找不到记忆中存在的痕迹。少年时莫名的喜欢，到今天回想起来还是令人羞怯。远离的日子，时间散发出暗淡无光的色彩，每张脸上都刻画出少年不一样的表情。谁都想把自己活成当初的样子，浅酌豪饮时，有人侃侃而谈，有人微笑不语。也许是狭小的空间压抑心情，更或是陌生导致心的无法舒展，长发短发上留下岁月的变更，话到深处情自浓，几杯酒下肚，敞开的心扉开始拉近每个人的距离。

多年前，在落雨的三月回到江南，一个人撑着伞去熟悉的小巷等待熟悉的人。那些可笑的心思无人能说，落魄的影子和路灯纠缠在一起无力地晃动。那些年的江南，从校门到军营的五年间，时间不仅改变了容颜，也改编了少年的故事。从梁溪河到崇安寺，期间已然隔了漫长的路。叮咚的雨打疼了伞骨，寒意从春风里入骨。夜倦了，伞收了又收，脚步丈量曾经无数次走过的街道，只有黎明的霞光送回自己。

后来，有的电话已经停机……

默默融入城市的人流，不敢再去惊动记忆中藏着的美好。和无数漂泊的人一样，身在异乡，有些话只能对自己说，颇有点“来疑沧海尽成空”的感叹。课堂捧着书本瞌睡的人，今夕不知何处。一起嬉闹的校园再也听不到曾经朗朗的笑声。在怀念的孤独与深情里，每个人都有自己放不下的人。然而，记忆里也有伤口，它如一张白纸在时间的涂抹下面目全非，最后丢入废纸篓。

很多人都有相似的经历，甚至幼稚的日记也被一根火柴点燃。烟熏出眼泪，滋生惋惜的手指伸进火苗却抢不回从前。残片被风卷起，短暂的沉默后，双手从不舍里收回。记忆化为灰烬，时间却不依不饶，藏着青春和少年的美好总会丢下一部分，然后轻装前行。江南那一夜，无数怜惜的痛在他转身时雨也停了，身后的纸蝶不再是青烟下的情结。

首次相聚时，这些话都被酒咽下。同坐的人一定也有共同的经历，沉默不语的表情在每个人脸上游荡，却找不回二十年前在树下等待的忐忑。从茶社出来的夜晚，他婉转拒绝顺路的车，跟在身后的她弱弱的声音留住迈出的脚步。天空里的星子闪烁出当年的眼神，这条路完全不是当年的模样。华灯初上，灯火阑珊，走了几步之后，她从包里拿出一个纸盒递到他面前。

“回去看吧！”声音被鸣笛声遮盖，但是明显还有曾经在校时的腼腆。转角处送她上了出租车，尾灯闪烁几下就消失在夜幕中。

这是多年后的街道。走在街头，城市的喧嚣慢慢散去，想着她刚才的语气和那时含羞的表情总算对上号。穿上军装的那天，她和几个同学在雨中送别，她站在人群中却一言不发。车驶出了小城，挥手发现追赶车辆的她手里举着一个小包裹，粉红色的丝带在空中飘着，长发遮挡了双眼。慢慢地，连声音都被距离屏蔽。

那一别，就是五年。五年后再回江南，物是人非的词一下就戳疼了心。

回到家中打开纸盒，一层层包装让他心里多了几分好奇。当一个粉红色的信封裸露出来时，时间已经改变了当年的颜色。回忆突破记忆的闸门，当年风中追赶的女孩手里拿着的就是这个信封。一行娟秀的字体展现在眼前，那个名字曾经刻在地老天荒的词里，开始滋生窒息的感觉。

江南巷口等了一夜的她，为什么后来消失在人海?

粉色信笺上的桃花已经褪色，碳素笔写下的字倒还清晰。信里除了说着毕业后的感慨，倒也无其他旧事可叙。这些手书的字体勾起很多回忆，春天的郊外，七月的操场形成一个立体画面。从内心说，在这封多年前的信里没有看到期待的言语。不知道她今天给这封多年前写下的信有什么深意，经过时间的淬炼，很多人和事难起波澜，只有纸上的墨香带我们回忆从前。时间教会我们很多东西，对于来历不明的意外惊喜曾经让很多人沦陷，在不能得到的青葱里满足现实的遗憾。

翻到最后一页，手指颤抖一下。原来，千言万语的铺垫只为最后的一节：

“……同是天涯沦落人，毕业后我会回到故乡。寄读的生涯结束了，真的希望有一双手把我留在江南。还记得那天你单车捎我回校的路上吗？坐在你的身后却想靠在你的后背。我相信那双肩膀一定可以给我一个幸福的未来，不再寄人篱下……”

迟来的信瞬间凝固了空气。走出当年那个巷口，她从留级的校门离开后了无音信。那天上学路上捎带的一段，只是怕她延误月考。尽管有过彼此的欣赏，朦胧的情愫也只是未发芽的好感。十八岁的那年，十八岁的他们远没有今天高中生的勇敢。所幸的是，当年没有喝了爱情那碗蒙汗药。分别多年后，有谁知道被烧掉的日记留下怎样的失落。这种遗憾除了增添回忆的骨感和叹息，被命运捉弄的人生除了讪笑还有什么？如果这封信在离去的车站递到手中，那么今天他们又是什么样的人生？

夜静了，他从纷乱的情绪中走出来。几张信纸一直铺在桌子上，因为情绪的波动，他分明感觉到双手在颤抖。这些年早就没有彼此的信息，岁月也失去了青春的温度，更不知道海角天涯走在何处。到不了的彼岸何必跋山涉水，错过最美好的季节；人生有多少不甘就有多少失落，清高和孤独是孪生兄弟，更有人在倔强面前失去一生幸福。时间的隧道有深不可测的悲凉，如今，回忆再好也只是刻骨铭心的回忆。唯希望她能拥有自己的幸福，让那段友情成为彼此无法厌弃的余生。

天光已亮，把信放进一本日记收好，拿起手机给她发了一条信息：“明月不知几时有，何必把酒问青天！”

第七章：允许我在你的梦里虚度光阴

风过围栏，阳光透过稀疏的叶，恍若一梦的春天被暖风催生一季嫣红。昨夜雨后，罕见的梦惊扰了清晨的安静。阳光照射了空气的微尘，打开窗，用脸颊试探风的温度。宁儿看着蔚蓝的天空，注视着花开的颜色。

理了理凌乱的头发，却理不顺昨夜梦中回顾的光景。那个梦很长，断断续续的从秋天延续到春天。久违的影子若离若即，衣着随着表情变换，忽而雪地行走，忽而杏花树下自言自语。看着他焦急的表情，还是没有拉住梦中那人滑落的手，最后慢慢离开她独居的卧室。

复活节前，宁儿在台历上凌乱地记下心里的感受，也希望死去的爱情能够复活。叹了口气，随意拢起头发，竭力寻找梦里的记忆，却难以把这么长时间的一切都归顺到思念的围城。他还是她等待的离人，期待驰骋天涯外的脚步踏响归乡的回音，青春和年华只等被一双手牵起，在春装披身时笑问画眉深浅。总归是梦啊，如同南柯上落满的灰尘。花下少年，纸上春红被一季季风吹散，落叶与春光终究滑落在等待的指尖。相思的纹路从落叶上隐退，连今天的杏花都成为苍白的告别，随三月一起转身。

那年同住一座城，朵朵桃花都有胭脂的模样。从微雨中走来的他忘了二月的冷，用异乡的一壶酒抵御早春的寒。这是虞清多年前的印记，树下走来的她身穿女儿装，一脸明媚停滞了他流浪的脚步。收拢手中那把伞，初见时，看着细雨里的他取笑道："这是少年青衫湿啊。"虞清的目光泊在宁儿的笑靥里，一抹浅醉流露少年痴狂。一年的时间里，两个陌生人变成一家人，在天长地久的路上把脚步留作春天的伴娘。

初夏时，那双手掀起了她的红盖头，一池并蒂莲开出绝世的恩爱。通往秋天的路上，一串脚步声惊醒等待的双眼。游廊外看尽一片天光，他们总以为爱就是地老天荒。同行的笑声被双臂环绕，目光拂去漂泊的苍凉。忙碌也简单的日子，用温柔的呵护把爱的低吟缭绕在三尺画梁，惊了红烛上闪烁的灯花。

秋天到了，满园桂花香附在发上，一坛桂花酒留给远方。等他归来前，月光落在窗台，两只白瓷杯沾满疏月下的柔情。落叶在夜色里摇晃，宁儿听到熟悉的脚步短暂停留后，高大的身影堵住推开的院门。酒捧在手心，起伏的笑声连绵在静谧的空间。走过关山万里，无数个昼夜的等待只为今天久别的重逢，行囊差点绊倒扑怀的她。月上东山，嫦娥也嫉妒如此良辰，一路奔波只为今夜月满西楼。次日，行走在旧时的城下，满城的红叶开在蜿蜒的山峦。皓月清颜，辰光里溜走的流年走过春夏秋冬，他们却在时光兜转之后把离歌唱成绝响。

轻俏的身姿宛若当年，塞外飘雪时心也醉软。清霜落地，初雪已成，再一次重逢就把希望坐实在梅枝。虞清说："雪霁时，会在远方等她梅妆如故，即使秋尽萧凉，岁月漫长，她还是相遇时最美的新娘。尽管时光欺人，那枚桃花开成眉心的朱砂，燃烧炽烈的盼望。”

多年来，他一直是她的风雪夜归人，如果哪一个冬天再为他罗袖添香，北方的雪可否被带回江南？思念积攒整整一个冬天，几番雪落雪融，宁儿却再也等不到当年的人。

一地梅瓣被一一捡起，几坛青梅酒酿了又酿，直到元夕夜的灯火燃尽，柳梢渐成绿荫，虞清还是音讯渺茫。

无数个梦里，她看到他醉不成眠的憔悴，冷峻的表情大有把姹紫嫣红都抛开的决绝。如果事业失败令英雄气短，也渐渐懂得俗话里的苛刻真的如此残酷：有钱的时候钱不值钱，没钱的时候人不值钱。爱人，如果仅仅以成败论英雄，无论你是英雄还是俗人，切记当初的你对着春天宣誓的话语。

走出家门，宁儿还是当年的穿着，只是一头青丝已经盘起，身影不再娉婷。她相信誓言，否则这个春天他怎么会挤走梦里的孤独。守望夏天，早春的花已败，只有彼此最爱的海棠和桃花开的热烈而鲜艳。宁儿相信他不会无缘无故走进春天的梦，也许这一年来，失联不是他在异乡乐不思蜀，每个人的个性决定命运。如果十月离开时，自己能够破解他告别的话中留下暗藏的密码，怎会让他一个人春节时在异乡遥望别人家燃放的烟花？

漫无目的地走在河边，昨夜的场景渐渐清晰，费尽周折理顺了一切，才明白平日的强势给他添加多少无形的压力。她忘记了那个男人骨子里生就的倔强，很多次探亲时无意说起别人家庭的优越，攀比的虚荣稀释了她爱的本意，太多难以给予的关爱让他终于选择逃避。青春无法复制，就连眼前的春花也不再是去年的形态。望着水面摇曳的身影，她掏出手机按下熟悉的数字。

“对不起，您拨打的电话正在通话中，请稍后再拨……”

时光重叠在一棵树下，几支桃花妖娆地开着，却映红了她的眼睛。无力垂下的手松掉握紧的手机，她中了梦的毒……

忽然，柔软的腰被一双有力的手抱住，失魂般刚想喊救命，等了一年的脸迎面撞上宁儿的脸，泪一下就涌了出来。

三月梦成为幸福的支点，千言万语被封堵，她一下就瘫在虞清的怀中……

第八章：走过冬天，和温暖相遇

海棠花开芙蓉面，一地绿，脆生生惹了眼。湖光山色潋滟，雨后滋生的盎然让行人的脚步难移。那场雨等了很久才停。清晨走出家门，明媚的脸扑上风的温暖，料峭远离，在天地间感受人间四月的温暖。花间心事，掌上流年被一双手握紧，从此走进江南的风景。

花朝节即将来临，那年走的时候也是嫣红招眼的春天。无数个冬天总把江南寄怀于心，各色草儿、花儿从残雪里逃亡，初生的绿在冬妆里蜕壳，春风一笑，便是人间四月天。

异乡总归是没有这些景色的，记忆中走远的人只留下妙曼的身影和回忆对峙，今天的暖无需给往事冠名。柳絮轻飞，花红花火，蜜蜂在穿梭，柳枝在长风里浩荡。那样的场景在遇见之后配得上今天的心境，让异乡风景开始逊色。风注入生命的活力，被冬天磨损的豪情重新焕发。雨潜入午夜，熄灭不了内心的火焰。

岁月长，流年短，雨润眼角，潮湿过等待的心。重回故土的那一夜，漂泊的回忆都是诗。青葱的时光里，风住尘香花已尽，一片薄情点不燃旧时的暗火。从钱塘江到富春江，那个叫江南村的地方留下山水的记忆。灼灼年华许过花期若梦，一场相遇令人失魂落魄，只有后来的痛让理智清醒。季节是酒，饮下那一杯就会醉。夜无弦，花影重重叠叠，一个人收拾冬天的残局，再还你后来的清风明月白。

在四月静坐，阳光探寻春的影子，用回忆打捞你的一切，花开的场景和某个情节吻合。或者，也说富春江的舴艋舟上载不动许多愁，某句相似的话衬映四月的温婉，湍急的江水冲刷行走在岸边的痕迹。望着对面大片大片的桃花，忍不住在回忆中强加进你的名字。春风横扫乌云，故事便婉约在四月。不用翻开暗藏的心事，每一处风景都在相似的季节。人间流传过诸多爱情故事，文字流淌着岁月的呼吸，轻声笑语在一季中安然，不再落雨成殇。

红尘陌上，年年岁岁花相似。故乡的路口，那个拈花一笑的女子倚在彼岸，南宋烟雨流下天空多情的泪，离开那片土地成就一个人的盛世，记忆簇拥内心的孤单。想起那一株巷口的丁香，寒冬遗漏的雪还在北方的大门之外，从南到北的三千里河山被马蹄踏破，乱世点起的野火舔舐乡野村舍，失去故乡的人在哪里寻找最后的温暖?

在林徽因的铜像前伫立很久。四月的回忆依旧扭曲，缘分在时光里打结，谁又能让时间重来！丁香绾在长发上，拎起裙摆裸露江南的足迹，那样的缘分尚未来得及搀扶你的年迈。花朝节过后，你终于在一个夜里抱着落花的树失声痛哭，再也不说海棠依旧，绿肥红瘦。

谁也不是时光的宠儿，一生不老的除了记忆别无其他。青春从指缝里溜走，却攒着春天里所有的花香。属于生命中本能的反应，每个四月都会在回忆的经脉里寻找那片花瓣渗透的红，梦枕着小桥流水。不眠的夜，风弹奏起的《白发吟》催人泪下，却看不到黑暗中疼痛的眉尖。传说里的片段是致命的剑，穿透内心之后把单薄的身体钉在墙上，跳跃的烛火也慢慢熄灭。

一起熄灭的还有青春的火焰。几十年的光阴连接不上天涯路，你始终是那片被风干的花瓣，成为春天最后的标本。今夜，枕在四月的床上，头向江南，脚蹬塞北。如果你能记起所有的往事，就用眸光点燃寂夜的黑暗。花叶的空隙是季节的留白，被风撕碎的残红落在枕上，整个腊月都用文字筹备春天，期待这个季节还你人间四月天。漫长的冬天，指尖烟火跳跃成黑暗的希望，唯有一张永不变色的脸和烟雾缠绵。当你走进梦里吮吸花的体香，蛰伏很久的虫子在黎明前破茧，不再让手中的烟独自撑起潦倒的长夜。

天明后，晨雾渐渐褪去，回忆的潮水偃旗息鼓，春风唤醒失语的江河。富春江的渔歌依然带着悠扬的腔调，离别的日子折成无数的纸船放在你的下游，顺着一个方向放逐，瓦解支离破碎的梦。空旷的尘世经历无数个冬天，只有这个四月繁华满枝。尽管下一个季节，青春和生命都逃不掉沦为春泥的命运，为何不在明媚的四月重新播下幸福的种子。

细雨微凉，黄昏的风从树丫抽出一片新叶，夏天就要来了。从箱底找出那把伞，放下手中清冷的词，丢掉所有的幻想，走进四月……

第九章：指尖绕过光阴里的笑靥

不经过悲伤，永远不会成长。指尖绕过光阴，流水般的日子在岁月的河上大浪淘沙，留下沉重的沙砾。

爱情很容易败给现实，尽管是无奈，仍然带着不可抹去的伤痕。爱情是誓言里一段画外音，有些人在得不到想要的东西后说忘记了自己当年的信誓旦旦。记忆并不遥远，岁月抗拒某些回忆，才发现那些不肯离去的回忆才是爱的伤害。如果爱情不是为了以婚姻为目的，就是喜欢也是罪恶，最后一定是悲剧收场。

流年是一盏灯，它照亮每个人一生的脚步。我们还能把自己想成当初的样子，蓝色的校服罩着单薄的身体，也有不逊的头发乱糟糟的堆在额头。从青春脱颖而出，少年的憧憬走到山寒水瘦，后来的表情透着孤寂和落寞，偶尔也带着成熟的味道。不安分的少年和后来所谓的本分相差太远，即使指尖绕过记忆也绕不过一个影子。从校园到职场，周围卧虎藏龙却拿不到青冥宝剑，在渐行渐远渐无书的日子，说过地老天荒的人走了。人生舞台上离去的角色会在另一种氛围里扮装，但是在表演时少了功底。曲折的路不通向想要的舞台，退场之后，必定是妆残的落幕。

戏里人生，桃花扇染了爱情的扇面，一曲《贵妃醉酒》再也唱不圆当年的海岛冰轮。有人沉浸在戏文，有人在角色里乐此不疲。换了无数观众，舞台终结不同的角色，却再也找不到当年的自己。

短暂的幸福总会被无尽的痛苦所代替，那一段风尘散曲在胡琴中戛然。明媚的装扮也讨笑不了明理的观众，续上的弦无法弹出青春的曲调，尽管锣鼓喧嚣也落得一个人匆匆下场。爱和爱过，一字之差就是轮回，不爱的时候永远能编出无数理由，曾经的誓言变成一文不名的笑话，那些最先看到收场的就是你最亲的人。丢在风中的承诺只是烟云的变幻，桃花流水春去也，谁管天上人间。

无数个季节就这样走了，留不住的韶华开成彼岸的荼蘼，寂静的时候回味多年走过的路，那团燃烧的火焰随三月一起熄灭。也许每个人心中都留下过爱的痕迹，繁华过后谁又是谁的桃花三尺？而有人却在他的背影里悼念某个春天，在告别时窥视了别人的幸福。在那些诱人的誓言里，有人身陷囹圄，也有人潇洒的转身，且不用承担任何谴责。三月花确实和某些人应了景，想起朋友说起他们故事的时候，对方一嘴妖精表现的无辜。他忘了有些花有毒，在夹竹桃盛开的六月倒在一丛娇艳的花色中。妩媚与妙曼的身姿在变心时变形，荡着涟漪的潋滟，原来也只是过眼云烟。

那个三月，侯方域那把桃花扇让李香君的血染红了扇面，也想起崔护城南题诗的悲凉，人面桃花成为枯墨滴落的叹息。时间风干了所有，有些花不一定适合自己，犹如李香君为了爱情奋不顾身，最后落得个血溅桃花扇。人生和爱情一样残酷，千年来凄艳的脚本总是被后来的故事重摹，如果行走于天地而无情，即便是姹紫嫣红，秋霜冬雪都不会在心底荡起半丝涟漪。

心静，则太平……

新年伊始，跃跃欲试的风从南方掠过，浅浅轻寒也阻挡不住它的脚步。江南，颓废最早的是杏花，一株垂丝海棠就代替了她的妖娆。古人说海棠带醉，梨花带雨，这些形容女子的词都添加过爱情的成分。民俗中桃符可以辟邪，而夹竹桃下的徜徉却万万不可取。几分妖艳总会让人中了蛊，让泛滥的情愫横冲直撞，一旦迷恋上那种妖艳，奋不顾身便是花谢春红太匆匆的留恨。

心思引导指尖，却迈不过光阴流水。有些话有失偏颇，倒也是人性的写照。我们无法向时光妥协，却能在历经沧桑后剔除一些不该滋生的奢望。简单的日子、平凡的生活成就白头偕老的誓言，摒弃不该有的贪欲才能活出真实的自我。幸福的生活来源于“富贵不能淫，贫贱不能移”的守志，富贵不乱其心，贫困不改其志。很赞成西方婚礼仪式上那份神圣的誓约，这样的誓词和长生殿的悲歌截然不同。临别寄词那只是相约的来生。来生是什么？有些虚无的承诺除了给遗恨注解，最多也就是博一掬同情泪。

谁能区分爱情和时间的界限？安静和淡泊才能让生命删繁就简，不求轰轰烈烈，只求平安快乐。时间就这样过去，知足是一个永远无法探底的词，有人说心素如简，有人说繁华如梦，一旦厌倦贫困与平凡就会万劫不复。繁花似锦终究是春夏秋冬的过程，光阴里留下的悲欢可以让人脑洞大开，最后复归于平静。斜风细雨，夕阳晚照，青春到暮年，很多人和事就这样穿梭其间。从孤傲的少年走出来，青春的怅惘逐渐消失，轰烈的恋情如潮水退去。

万般无奈又能如何，失去未免是坏事。放纵自己除了一次次伤心欲绝的流泪，什么也得不到，滋生的恨意反而让自己沉湎于其中，忘记生活还有阳光。

一封封信札不需要保留，一句句山盟海誓也不需铭记，感情世界中受伤的永远是那个动了真情的人。时间过滤之后，再丰盈的回忆都会变得骨感，缘去如水，当你在平凡的时光里感受人间烟火，朴素的身影带着嘘寒问暖围绕在你的身边，那才是千回百转后真正的爱情。

指尖绕过光阴里的笑靥，琉璃般的岁月如同琥珀闪着幽幽的光。它比宝石廉价，但是属于自己的珍贵。世间不仅是三月才有温暖，只要心中有阳光，春天就会常在。

第十章：那些年的风，只吹过我一个人的脸

四月风很乱，东南西北地刮着。一个冬天都没有坠落的叶纷纷落地，天空的云映衬水面的蓝。四月冷暖不定，昨日缠绵的雨今天就被晴朗替代。清明前有人踏青而来，感受人间四月天带来的快意。

多年前漫长的冬天，所有的语重心长都撼动不了铁石心肠。低眉点点愁，夜凉风亦惊。走在异乡城市，浅浅的霜赛过漫天飞雪的寒。每次从很远的乡下小镇挤着公车回到租借的小屋，推开门打开开关，一个影子在灯下孑然。江南的冬天很冷，没有北方入冬后的暖气，除了炭炉上温着的热水。三九天的风连玻璃窗似乎都要拍碎，灵魂和身体一起蜷缩在床上，连思乡的情绪都被冻结。

黎明前街坊的惊呼声惊醒了梦，一个罕见的雪夜，我却没有听到雪落树叶的婆娑声。那是二月的桃花雪，炉子上水壶嗞嗞地冒着热气，闪着红光的炉口照亮小屋一角。不知道是什么声音唤醒了我，寒冷的二月夜就这样过去。推开门后风呼地就涌了进来，昨夜枕边书被刮得哗哗作响。重新合上书本，雪后的天空已然带着春天的气息。上班路上，一树梅花凋零，看树丫上吐出新芽，才知道春天早就无声地逼近。每一个开始就意味着结束，这是自然的

定律。时间挟裹着季节一路向前，把人们也带进冷暖不一的季节。风吹着脸，从衣领的缝隙中带来阵阵凉意，吱呀的脚步踩在石板的落雪上多了别样的情调。独居江南那些年，这场毫无征兆的雪给人们带来意外的惊喜，举着手机对着残花嫩叶一阵狂拍。十几年过去了，转眼就在光阴中老去，无数寒暑中只能靠在异乡怀里，用梦柔软孤独的光阴。

其实，每个人都是孤独的，只有回忆的快乐穿过他乡的情愁，而我倔强地离开没落的国企，却没有臣服在现实的脚下。繁忙会让人忘记很多，只有夜晚的星子闪烁陌生的眼神，期待有个人陪我颠沛流离。多年间，青春的纸上写下近百万字的日记，笑声和眼泪都躲藏在文字的背后，时而嘲笑，时而慰藉。在女儿的照片上画个成长的符号，一个名字带着骨肉相连的疼痛陪伴在远离的江南。那些记忆茂盛在心的家园，像今天紫荆花的枝干一簇簇鲜红的紫色。繁重之余，很多无力改变的事物让心都打皱。梦里梦外，只有父母的叮咛支撑艰难的脚步。

故乡的巷口在离开的那个晚上不复存在，半帘残月在目视后坠入西天。那个情景多年后还在，故乡的人被距离隔在远方之后，思念变得单一而枯凉。无法目测到的距离连声音都变得遥远，一个人不知疲惫的从冬天走到春天。那夜一场雪后，桃花就开了。

春风带着奔跑的笑意迎面走来，转眼就到中年。几十年光阴弹指挥间，只能在日记中访寻江南的记忆。安静的夜晚，一张张纸上潦草的字迹有些难以辨认，甚至共事多年的朋友在离开后也渐渐疏远。人生就是这样，一旦离开彼此熟悉的环境，时间会慢慢把人心拉开。此时，故乡的樱花已经绽放，夏天的脚步有点迫不及待，随拍的照片和我做简单的交流，春光无限的词在花瓣里舒展。一支烟，半壶茶，纸页上的文字传来那些年炭炉上发出的噼啪声，回忆随着目光向心底延伸，在时间深处触摸过往的细碎。熟悉的吴侬软语在耳边嘈杂，孤独早落进翻过的扉页。那些字体似乎在笑我，却终究没有逃出某一段记忆。曾以为随着时间的漂移很多事就能放下，当我再次回到江南，才明白所谓放下只是被暂时替换。江南一直根深蒂固地埋在心底，完全是一副“不思量，自难忘”的表情和我对峙。

原来，思念是一个带着地域特色的框架把我圈在其中，和千年不息的运河流淌在灵魂深处。生命的河床上，那个城市屹立在胸，时间却抹去曾经留下的脚印。无法解开的思绪从抵达江南的这天起不再凌乱，前世今生，她都一直和我缠绕在一起，在剪不断，理还乱的缠愁中呼唤我归来。无论是温暖还是薄凉，都是生命无可割舍的珍贵。在温暖的指引下，尘世的薄凉都成为夏日的风。

捧起这片春光，花的精灵在四月的国度绽开笑脸。滚滚红尘中，我们避不开磨难，也无法拒绝幸福的诱惑。十几年的脚印从江南走到江北，突然想起那年二月有人挽留时说的话：“地球是圆的，迟早有一天你会从起点再走回原地。”歪斜的足迹像平仄不齐的词还留在纸上，这个春天真的又从故乡回到异乡。

很信奉一句话：“生命若不是终点，一个人也要优雅行走！”此时，回望身后的城市，阳光烘干昨夜雨中的水渍，踏青的女子裙袂飘飘，穿梭在桃红柳绿下。静静地站在河边听着他们欢乐的笑声，不由得举起相机。

运河边上波光潋滟，过不了多久，我会沿着河溯流而上，只是现在无人知道：那些年的风，只吹过我一个人的脸。

第十一章：身边的幸福

最后一组镜头定焦，梅树上的花瓣无声落在肩头。光线烘托那天的景色，你的身上散发出梅的暗香。远离“东篱把酒黄昏后”那份萧条，三分春色驱赶料峭的轻寒。澄澈的眼神带着明媚横扫人间，有多少幸福陪着欢笑留在江南梅园。

萧瑟、枯冷、料峭，一连串的词跟随时间的脚步匆匆而来。有人看得见远方，却不一定追得上春光。在最好的季节相遇，咫尺的距离才有最暖的相握。冬天转瞬而过，在命运的苦难面前有人选择了放弃，背弃曾经许下的诺言。走过冬天，把思念从流浪里放弃。怀念不再是那个人专属的词，如果今天的相遇不会被另一种思念淹没，无情反而成就别人的幸福。我们应该懂得，有一种传奇真的无法复制。

漫长的人生旅程中，对于被抛弃的爱情，回头便是痛。记忆和铁轨一样没有尽头，在某个平交道口，一盏信号灯指引另一个方向。惊蛰刚过，南方的雨携着沉闷的春雷催促万物复苏，早开的梅花那些被打落的瓣贴在地皮上，最后零落成泥。那天去郊外的时候，一行人在淅沥的春雨中跋涉，只有你用那把伞护着怀中的相机。雨飘在天上，连在地下，连空气中都带着江南的水意。我们从各自的路口走向同一个终点，却没有预料到这一场相遇成就了今天的美好。

躲过二月的梅花雪走进三月。漫长的雨季中，难得今天雨后初晴。风不再料峭，暖湿气流带来的温暖在原野上弥散开来。你永远走在同伴的最后，时不时地回头看一眼留在身后的风景。那天回来的路上，街上路灯拉长两个身影，在走入巷口的刹那，有句话留下了无尽的希望："如果这条路永远陪你走下去，是不是就可以找到幸福的终点！"

阑珊处，黑暗中两个剪影相对。在风吹乱你长发的同时，抬起的手从你的额前滑过，拍了拍你的肩膀。

"回去吧，下次再见。"

再见时已经是春天，记得你留下电话时调侃的笑容，在寂夜里聊着生活的感受。那几年，我们走过花开花谢，一直走进今天的杏花春雨，在盛世红尘中感受心的缱绻。时间的冷雨滴落过伞沿，郊外的草亭下，季雨把我们驱赶到狭窄的空间，远处的梅林早已隐入迷茫之中。冒尖的树芽贪婪地吮吸着清新的空气，一声春雷惊醒沉睡的生命。除了滴答的雨声，似乎也听见虫子在土壤下挣扎的声息。你侧目凝视远方，手中的相机习惯性地抱在胸前，偶尔有清风拂过，柔顺的发丝遮挡住模糊的表情。寂静无声的旷野，雨驱散了早春的寒气，缠绵的气势在氤氲的雨雾中迷离，那时的你，在断续的闲聊中慢慢地说起了自己的过去……

在被抛弃的情感世界中，你用相机打理岁月，用坚强面对无情！

走进梅园的时候，今天的风景不再单调，几支杏花和梅花争艳，阳光明媚同行的笑脸。远处湖水浩渺，近处花开绚烂，七月盛开的荷在今天依旧是残枝断叶，只有露青的野草似有似无。你的眼中浮漾微湿的眸光，小桥流水外的风景捕捉在眼中，也留在心底。

画面也可以渲染记忆，诗意的片段被时间剪辑之后，组合成今天漫长的回忆。如果有一种无情成就别人的有情，那么你从另一个巷口走来的时候注定挽救了一个人的沉沦。在不愿提及的往事中，才发现自己等待的人原来在这里，曾经被伤害的颓废不再是爱与恨的焦灼。从消耗自己的恨意中解脱，才明白真正的爱是一场奋不顾身的付出，任何得失的考量都会让爱情打了折扣，最后在现实面前低头。

席慕蓉说：“爱一个人，并不仅仅只是强烈的感情而已，它还是一项决心，一项判断，一项允诺。”如果相爱的两个人在那样的过程中计算的太多，注定会让彼此走向陌生。时光秘籍里隐藏太多的故事，当我们放弃爱情幻想的虚无和侥幸，才会发现多年来苦苦寻找的幸福就在身边。它平凡如尘埃，简单如烟火，从牵起的双手里感受内心的温度。没有海誓山盟，没有惊天动地，正如我们在三月的雨中共撑一把伞，把一生的等待揽在怀中。

每一条路都通向幸福的终点。那天，说着走过千山万水的艰难，你的眼角带着雨的潮湿。这个春天，从爱情的卑微处出走，用久违的笑靥迎接迟来的春风。镜头里的画面除了粉色的花朵，还有澄澈的眼神透过枝丫追逐未来的幸福，从容感受生命中原本属于你的春天。在如水的风骨里，我看到一种宽容与博大，也看到含蓄的表情流露出的简单和快乐。那颗透明的心底，温柔的眼神，如一泓春水荡漾最美的时光。我知道，窄小的镜头从此装下你的世界，寂静时翻阅今生的相遇和欢喜，在四月时横渡苍山。

第十二章：有一种生动，终究入怀

流水的光阴带走如梦的过往，天马行空的思绪随着春雨落地，一支竹笛协奏杏花雨下的温柔。日记隔着昨天的千山万水，季节已经走远，记忆偶尔触发的瞬间，岁月潮汐卷走太多浮华。拾起四月的苍翠，从菲薄的光阴中寻找快乐，流年在恬静的安宁里悄悄而逝。

一份安宁，成就简单的幸福。

快乐是和煦的阳光，即使是雨雾阴霾天也能驱散秋冬的苍寒。青春的翅膀折断后，红尘的冷眼嘲笑过伧俗的少年。些许的落寞加重思念的沧桑，当尘埃落定的人生在静思中回味，谁的影子在左右故事的走向？用轮回的脚步丈量自己的路，红尘的道场经得起世俗的撩扰，抵抗得住浮躁与奢望。旅途的驿站留在偏远的古道，孤独的背影是旷野与苍茫的组合。总期待有一双娴静的眸子跟踪尘世的背影，开拓自己壮美的河山。

清心寡欲的话时常是对自己的安慰，豪情却被现实推翻。跳出凡尘之外寻一梦想之地打造自己的城池，走过青青原野，踏上夕阳古道，携一份真情皈依于心灵之所，摒弃人性中的贪婪和无妄，重新找到自己的人生之路。

清风明月静，一杯茶的思绪中跳出自己的影子，在尘封的往事中回味。透过季节的转角才发现故乡很远，江湖很近。俗话说，“人在江湖，身不由己。”江海云天处谁不在承担生命旅程中的清冷与薄凉。不能从抽回的手中放下深情，空握的手放下失落的惆怅。那时候，风从眼角吹干了泪痕，挽留的苍白是执着的悲戚。三月际遇开出彼岸的荼蘼，再别康桥的诗在烟雨中飘逸，却再也看不到那把伞下丁香般的姑娘。她的缠愁与你有关。丁香花散落在古老的石巷，这样的场景和梦吻合，在无情的伤痛里走过山重水复的流年。

期待幸福降临的年代，谁是风儿？谁是沙？当那个人走向自己的港湾，寂寞时会看一下身后的路，怀念的缝隙挤出一段不堪的回忆，太多的忧伤已被身边的幸福抵消。爱是一种博大的情怀，在青春年少的梦想中，我们单一追求的爱情渐渐演变成彼此生活中不想要的模样。巨大的反差会让不甘心的人走出围城，伤心和疲惫在无法言喻的伤痕里形成一道紫红色的疤，带着狰狞的面目留在内心深处，然后挥泪前行。

在那一条老旧的兰舟上，执手相看泪眼的不仅是古人。落雪的冬天，北雁南飞，在草长莺飞时看一眼烟花三月，多少萍聚和离别都随风而去。如果有人舔着流血的伤口成全别人的幸福，那段时光里最美的印记也带着含笑的祝福。细雨打湿了诺言，在相忘于江湖的那句话里独自行走，臣服在现实无奈中的人黯然神伤，爱与不爱都已经无关紧要。

如若离去，后会无期，措手不及的伤随着时间愈合。回归故里，江南的风和北方的城在时空中交错。在逝去的往事中寻找遗失的过往，安生现在简单的生活，经过风雨淋袭，才懂得所谓幸福就是一个人可以陪你平凡到老。

追逐的繁华只是过眼云烟，清霜冷月重门外的姹紫嫣红都属于游园惊梦时的良辰美景。而你，是云水外的一叶孤舟。

走在红尘路上，幸福被思念淹没，褪色的承诺被微笑替代，有些失去未尝是件坏事。如果心灵共鸣，隔着千山万水又如何；如果同床异梦，朝夕相见也惘然。也许，追花逐月的人可以感受初恋的快乐，但也同样会遭受良知的折磨，在漫长的夜品尝灵魂的煎熬。

表面的幸福永远代替不了相爱的内涵，爱上一个不该爱的人注定是悲剧。能用风轻云淡这个词的人不一定都是大悟之士，敢说“面朝大海，春暖花开”的也不乏其人。生活的况味不是文字里浸泡的天涯梦，韶华逝去的光阴里，生活的光芒一旦被贪婪遮挡，花前月下，难见故时人。新人笑，旧人哭，爱情废墟上那朵花慢慢焉落，初遇时的慧黠可爱被横眉冷对代替，再也问不出“鸳鸯两字怎生书”。当我们冷静地面对现实，戏曲里的前生今世是难寻的寂寥，爱情的光华在月沼里破碎，只能是：“湔裙梦断续应难，西风多少恨，吹不散眉弯。”

流年风景非谁独秀，风云变幻间，学会用强装的笑意蒙蔽苦难的心。四月来时，绵密的雨丝织成晶莹的帘，你在帘内看风景，却不知道三月的轻寒折不断柔软的柳枝。在清溪流淌的山涧，在兰舟停泊的岸边，往事被真情收留。生命的枯荣是与自然的交汇，撇开虚无的繁华走过岁月的沼泽，一寸春晖在雨季中涌现。如果退去的寒冬成就今天的葳蕤，江南故地升起的柳烟能否挡住行人的眼？走出哭泣的暗夜，让那支烟火成为今夜的明灯，从此不再游走在无望的边缘。

每一个属于异乡的人都有自己的故事。四月的雨洗净花上落尘，也洗净岁月中斑驳的泪痕。一怀愁绪，不言时光薄凉，几年离索，权作红尘历练！当我们走进春天，有一种生动，终究入怀……

第十三章：时间里的时间

藏在时间的回忆总是悄然无声地走近，烦躁挥之不去，夹带几丝甜味，像那天嚼着的橄榄。七月酷热被海风吹散，岁月中种下的因果兑现后来的日子。很多时候，苍白的天花板和我脸色一样，走在异乡的路上，把一个人放在回忆中。时间毫无惋惜之念，无声无息从身边流过。当年的情景若干年后独自回放的时候，睹物思人，从南往北一路上的风景掠过车窗，掠过飞机的舷窗。跨越几条江，走过几条河，当行囊搁置他乡，我们无法从时间里挑出最圆满的部分来宽慰孤独，只能任由悲喜的情绪和往事交织在一起，铺天盖地席卷而来。

时间也是个旅行者，当年停留的地方不再停留。流过的泪水不再为青春和过去，解脱和放下也不再撕心裂肺。有些事实必须接受，有的现实难以改变。七月海边，我唱着《鼓浪屿之波》离开鼓浪屿，后来的你却在南戴河沙滩上写出粗糙的简谱。有人说："年轻的苦难是常人不能吸收的养分，在爱情的世界里，我的目光也贪婪过你的眼神和唇角的湿润。"一棵椰子树，一条躺在沙滩的船，就那样停留在那里。告别的清晨，我们都逃避送别，只是不知道这个十月重新回来的时候，无论天气多么恶劣，是否还有人哼着那首熟悉的歌去迎接。

期望总是心疼的根源，如果没有期望，人生又有何意义？可是谁都明白，当我们避开青春的锋芒后彼此接受，怕只怕再也没有当初的豪情。奋不顾身被谁用无奈和时间拖延，以至于最后一连串的辩解无意识中添加了谎言的成分。也许那是不自觉地反应，但是只要想起昨天的话，就必须为面对面的置疑去圆谎。

这让我不禁想起一个故事：“一个小偷经常在公交车上作案，时间长了，胆子也大了。有一天，他肆无忌惮地掏出别人的钱包，却没想到那个特种兵出身的人迅速抓住了他的手。贼的本能让他先为自己辩护，同时掏出一把刀捅伤了被害者。”结果可想而知，原本简单的一桩盗窃案成了抢劫案，被抓住手腕还敢去颠倒黑白，伤害他人的还真不少，只是不知道那个代价能不能承受。

多年后的秋天，离开你的江岸，独行回到江南，眼神里表露的不舍被慌张的脚步代替，从后面跟随的人用失望的语气表达不满。对于伪装的心，最后都会露出真相，只是需要彼此明白那种心境。还会想起当年青葱地况味，也会在嗔怨时说出弥补的心愿。而时间真的不容许我们再去回到当年，梦想是天空里翱翔的翅膀，多年后终于带你一起飞。

生活中，爱和被爱都需要一种能力，这种能力经过岁月的筛选后留给真爱的人。昨夜微恙不能眠，反复念叨心中的名字，只想把最好的自己留给最后的人。不知道过了这个十月后，希望能否一语成谶，只能在守望的光阴中默默思念。

在分离的季节体味思念，在无情的岁月慢慢强大，如果生活什么事情都用无奈来解释，对于未来的坎坷不是准备不足，而是预谋的衡量。所感动的是，平凡最终成就我们的幸福，在相爱的人心中，对方永远都是初见的美丽。靠脸吃饭的不属于普通人一族，这些年风雨相伴的深情胜过任何浓妆艳抹的妩媚。

每个人都会老，不是吗？青春的资本一旦失去，不知道那种人用什么方式慰藉灵魂的丑陋和孤独。如果有寄人篱下这个词，就一定有人愿意把真情寄予这些年你目光陪伴的天南海北，从青春年代最远的边境到波涛汹涌的东海之滨。

审美疲劳来自于喜新厌旧的心理，人性就是这样，忘了长情是最好的陪伴。几年独居的生涯，对于这样的生活也有过厌倦，仿佛除了对爱情的希冀和描写已经别无话题。我不想像个牧师一样长篇累牍，也不想像个智者一样去教诲众生。爱情是永恒的主题，如若有人能给你写一辈子卿卿我我的情书，那么，时间里的爱情只属于你，安静的陪伴，静静地享受。

没有爱，世界就是一片荒漠，在文字里种下的相思喂养四十多年来对你的亏欠。当明天的幸福被认领，今夜所有的泪水不再流淌。用一双手的温暖擦拭这些年所有的悲伤，避开无数分离的悲壮。

写几句柔软的话：多年相伴已经没有暗恋的倔强和羞涩，如果幸福被收容，麻花辫上的蝴蝶结飘在发梢上童年的故事永不褪色。知冷知热的话只有你说起，他乡的倾诉倒像召唤的理由，从此不再说。多少个黑夜过去之后，黎明照着回家的路，江心沙洲上避开孤单的冷。

第十四章：分离的岁月，相聚是简单的章节

擦净蒙在记忆上的尘垢，你从尘埃里走出来，用回忆指路。最初的烟火味在瓦檐下飘出，落在青丝上，是没有脂粉味的朴素，偶尔出门时的一抹口红带着淡淡的妩媚。总以为生活就是那个样子，相夫教子、简单的岁月定下一个个目标、牵着手就可以走到白头。

和众生一样，婚姻的围城并不是牢不可破，分手了的两个人有时候连亲情都会带走。一张纸上的契约并不能代表爱情和婚姻可以依附一辈子，甚至初恋的初心被生活无情撕裂后，他娶的，竟然不是她。戏剧的逆转往往多了悲剧的台词，有的怀念不仅仅是当年小巷中熟悉的乡音，也包括恩爱时心领神会的默契。岁月熬煮着每个人，只是青春的容相被时间摧残，多年后的今天，从日暮黄昏后出走，重新体味天涯的奔波。

独行的路上，意外的是第一声问候来自一直躲在生活角落里的人。收到熬粥的锅，包装箱内纸条上写着几句看似嬉笑的留言："嗨！流浪汉，自己照顾好自己……"

心中升起的暖意夹杂着酸楚，有一点小感动不争气地从眼角冒出，很像梅雨季节的墙壁上渗出的水珠。擦了一下眼角，却擦不掉心中某种感慨，这

份平常的举动在挂念的词语后加了一道长长的省略号。

转眼就是秋，季节总是经不起时间的撩拨，南方的天气还有夏天的味道，而遥远的念处，八月风已经带凉。电话里说着气温的变化，叮嘱一个人在外注意早晚的温差。零星碎语不再客套，当年的春风十里距今也有半世光阴，在后来的日子里重整被无情打碎的山河。

上午看到一篇文章，把生活里常见的某种现象写得有点毒舌：“无爱的婚姻里，将就的人生下，祝你们白头偕老其实是一种诅咒。”生活就是这样，很多相恋相爱的男女彼此从陌生人变成了爱人、亲人，也因为世俗的惯性和凑合的心理将就着度完悲催的人生。但是，你还是把亲情变成了爱情，重新找回错过的缘分。爱情总是让人年轻，当你带着少女的腼腆出现在门前，拥进怀里的岁月就成了永恒。一串佛珠从手腕上取下，轻衣卷帘的烛光下，这场喜色已经迟到很多年。

一个人的情歌谁都唱过，童年池塘边的柳树下飞起的知了也带着梦想的轮回。在开满薰衣草的庄园，湖面漾起的波光令烟色倾城，八月的雨也如滴石的水，将屋檐下的石阶打得斑驳。并肩伫立，如烟色氤氲水面摇摆的秋荷。那天，单薄的背影和青衣被风吹拂，从薄凉的人生走进另一场盛大。

秋红渐浓，流转的四季中，这年十月约定重走多年前走过的路，弥补彼此未能成行的遗憾。素日里，等待的眼神沾满晴朗的欢悦，也不舍告别后一人独步天涯。谁都需要归宿，或者岁月老了青春，豪情壮志便被柔情消磨殆尽。写了那么多期待，红叶更换了几茬，只有那夜挑起的灯花唤醒相爱的咒语。季节脉络也如人生，只是这个清艳的秋光下，一朵格桑花做出向阳的姿态，随着缘分渡过寒江秋水。

在相伴的心灵深处，无痕岁月生出的怜惜总能让相守的人等到最后的幸福。依凭对信仰的追求，三年时光也不算漫长。如果十月的风穿过碧云寺，宝殿前跪下的虔诚只为感谢多年前许愿的灵验。告别所有的颠簸，夏末时的紫衣长裙鼓动青春的明媚，山风掠过的弦音回传那时低低的嗓音，环抱的双臂可做御寒的港湾。

分别后的念总是牵扯离人的挣扎，世间所有的表情都无法临摹唯一的笑意。季节穿越的思念形成唯美的画面，怎会叹息盛夏后一地的凋零。其实你更习惯于北方，走过的江岸和故乡的湖相比，很多不为人知的跟随都会感动对方的心。一旦不再为生活里的无奈去将就，所有跋山涉水的辛劳得以真情的回报。家，就是避风的去处，是思念成疾的良医。

所幸，这些年抱守的信念未曾放下，当重逢的目光拂过额头，那一季林花春红还是最后的领地。捻起佛珠的手指细数未来光阴，爱怜熨平了思念的皱褶。在很多不成调的咏叹里，诗的韵脚写成平整的格律，不再让将就荼毒自己。

等着十月，安静的脸染了红霞，眸子侵进一轮明月。我们终是来了，带着夏的余温相聚在久别的故土。

其实，分离的岁月里，相聚也是爱的章节！

第三卷

多年之后

多年之后，那座天空之城留在云端，
树上的樱花和四月在一起缠绵。

第一章：多年之后

多年之后，我从记忆走到现实。那天的天气阴沉，走在另外一个城市的街道，风沙打疼了沧桑的脸。再回这座城市已经是 2 年以后。北方的四月丝毫没有春天的样子，在江南，山清水秀的明媚让四月早就有了夏天的嫣然，而北方的花除了一片樱树的妩媚吸引游人的眼，还有恶劣多变的天气。

德胜门成了迎接凯旋将士的象征，血迹斑斑的战袍和嘶鸣的战马涌入都城的时候，我却在几百年后走进了潭柘寺。那时，故乡的梨花已经开放，清明的雨除了打湿清愁的风，还有一地油菜花簇拥在田垄。惧怕北方的寒，所以几十年间京都的印象只留存在儿时的记忆。父辈曾是卫戍边关的一员，六十年代的十三陵水库留下他的汗水和青春。那一年，我在清明雨中北上，四月的樱花成了招手的温暖，所有的期望在风清日丽的日子留下 2 年前的回忆。

此时的清明还未走远，外婆却离去多年，这样的节日不仅让诗人断魂，几千年来世人皆如此。我的故乡魂从外婆走了之后断了几十年，一壶杏花村隔着千年的诗行，列车穿行在华北平原的一夜，看不到北方春天的影子，也看不见亲人熟悉的笑脸。借问千年前的诗人，那壶酒能否醉了思念的骨，牧童的短笛是否招来一季风清云朗。闻不到熟悉的酒香，那坛酿了千年的酒在清明节发酵，醉了千古世人。

北上的路，有雨无雨都是四月，人间四月天的风景在这里却有点枯凉。走在旅途的心情让几十年的向往无限放大，巍峨的京城外再也听不到大清王朝马背上的铃声。坐在黑暗的车厢，想起风吹梨花后告别的故乡，父亲只是担心久居江南的我是否习惯北方的寒。想起在外婆坟前的祈祷，不远处的梨花随着细雨落在田间小路，踩着清明的泥泞仰望天空流下的泪水，也为第一次北方之旅留下顺达的心愿。

潘家园车站下车后，放下行李，一人去了潭柘寺。灰色的天空和幻想中的樱花隔了朦胧的影子。这个季节对江南来说已是“人间四月芳菲尽”，北方的花却刚刚开得正盛。山桃、杏花落瓣后的蕊如迎风的刺微微颤动，曾经浓得化不开的情结也随着花蕊伸展。走在那样的天空下，北方的气候真的委屈了四月的情怀。延续了几十年的思绪推着我把脚步一步步迈出，走进寺院之后，一树树樱花终于在脑海中展现柔媚的形态。

坐在木质长椅上，身后土丘遮挡北方的风，太行以北毫无遮拦的平原让风沙肆虐，城市的天空一片灰蒙。当年天子戍边是为了抵御外敌侵袭，八百年的京都如果再沿着历史的脉络上溯，当年给明清两朝造成最大困扰的，其实正是漠北的强敌。

那次京城回来之后，因为时间的充裕让我奔赴在整个四月。从金陵到青龙寺，无数的樱花在记忆中妖娆，唯独京城樱花在心中无可替代。当年，京西断了枝的樱花树下，最初的一团火焰燃烧在苍凉的暮色中，异乡人多了春意阑珊的孤独，酝酿一个冬天的希望从那时开始萌生，思绪和风景开始无限延长。春天路上开始跋涉，从此陷入长长的梦境，多年前吟诵“樱花红陌上”的同窗已如王谢堂前燕，在短暂的相思里嫁作他人妇。那是命中错失的春天，秦淮河的划桨声乱了水面的灯影，如期而至的石头城外，听潮打空城寂寞回。刘禹锡的诗句刻在东吴的城墙，墙下的一棵樱花没过多久就败了。

数年前去西京秦宫，渭河岸也栽植无数樱花，咸阳湖边相约的友人带着家人的热情在机场外驾车等候。那时的她刚从太湖回去，聪慧的眼神在阳光的照射下熠熠生辉。我们走遍渭河两岸，看过秦时明月，湖面倒映的樱花和真诚的笑声晃动一圈圈涟漪。我似乎在历史中穿越，也在清明中忘掉思念的伤感，那是冬春之间的一部传奇，打造人生旅途中天长地久的友情。一株株东瀛的樱花可否让人忘了千年前的盛唐两国交往的历史，黄海海战的硝烟却又添了国仇家恨。从历史外追寻，千年交错的时光爱恨缠愁，只希望移植的樱花带着世代的美好和人类的和平深植在世人心中，重新打造盛世的神话。

题外话与眼前格格不入，春光却是那年模样。这年走在旧时帝都，没有惊动任何知交故友。四月将寒意驱散，“离离原上草”被一场春雨茂盛，漫长的冬天风沙打断过思绪，四月的新绿只属于一个人的旅途。不知道从什么时候心开始安静，布谷鸟的鸣唱释放冬天蛰伏的寂寞，细雨霏霏时更感受到柔软的力量。行走的路上、生命的坚强和骨子里的柔软并不矛盾，有时候放低身段也可以避开风的阻击。独自走在四月天空下，听不到雨中樱花的叹息，阳光在云层后憋足了勇气，用利剑刺破了厚积的阴霾，太阳的光辉一下明亮了天空。

多年之后，那座天空之城留在云端，树上的樱花和四月在一起缠绵。看着四月的照片，那张脸上的笑靥出卖了她的心情，给往事留下不可抹杀的铭痕。

第二章：春归何处

江南情结弥漫回忆的气息，平湖秋月和曲院风荷始终摇曳最初的风情。那一弯水面托起的石桥诠释水乡古老的故事，桥面上走过唐风宋雨，一把油纸伞撑起江南的天空。

并不是心甘情愿离开，十几年浸润的山水是骨子里无法抹去的痕迹，晓寒深处花雨未央，文字描摹灯影下的思绪在断桥残雪夜寻一场二月春风。南宋诗韵沾湿早行的单衣，一阕《望海潮》尽显三吴都会盛世繁华。画桥烟柳，三秋桂子落尽，半生情愿被乡愁终结。灵隐寺的梵音勘不破云袖里的禅机，恍惚之间才发现："西溪春尚好，转身有清霜。"

为春天烫一壶适度的花雕，流水般的光阴传来窃窃私语，寂寞旅途看过十丈软红，傍晚横笛的优雅被云雨酝酿。在生活的潮汐中，流经身体的倔强被黑暗淹没，那时的心愁不一定是一个人的孤独。远离的愁绪在灯火阑珊处穿梭，兰舟轻放后的一帆江南，若有人知春去处，谁能归来同住？

三亩花田，一叶轻舟，西溪花朝节引得满城桃灼。那年走的时候没有来得及和春天道别，只有一坛青梅酒被挑回故乡。白玉碗遗留在故地的案头，琥珀色的酒水盈晃昨日的光阴。时间催人老，青丝成雪的黄昏游走多年的记忆，西湖潋滟的流光就这样被内心接纳，你的挽留在一杯茶里氤氲余生的疼。不能相看泪眼，无语凝烟的理由是酒后的纵情。江南，我那般爱你："倾城绝色徜徉在白墙黛瓦下，随时间缓缓流淌在共守的光阴。"

如果可以煽情，世俗的酣畅不为一场宿醉里的沉沦，把你留在生命的一角，后来的回忆中写成一个人的传说。离开的那个夜晚，三千年的历史流淌着我的骨肉情深，你的背影在地图上浓缩成梦想的图腾，想你的时候站在春风里，看一场桃花披雪，说一句故人依旧。

情真缘浅的流年有段往事牵扯回忆，但不再沉湎。烟柳蒙烟的湖光染透青春的梦，吴酒一杯青竹叶酝酿千古风情。行走断桥上的许仙一把伞成就与白素贞的姻缘，虎跑泉边，李叔同长亭古道的笛声被晚风抚尽，历史人物尽在风云间。江南芳草在思念里疯长，走过的钱塘，泛舟的富春江和记忆一起蜿蜒，她们从柔软处挣脱理智的囚禁，在伤感的回忆中用柔情展示呼唤游子的归来。

被记忆指点，很多往事在骨子里涌动，幻想和城市的山水共鸣，愿望和呼吸交缠。被梦想吸引的去处如同久别的恋人，青涩的暗恋流动在血脉。西塘、乌镇，很多熟悉的语音总让人在一曲评弹里沉溺，软软的嗓音惊艳异乡人。民国的爱情故事有离经叛道的决然，给世人留下思索的空间。情感与年龄之间的关系同时代脉动，爱情的核心就是令人不顾世俗的执着，让自已追求幸福最大的公约数。走在江南故都，行走青山绿水，湖光涟漪，一垛女儿墙上风动人影。松散的时光里，妖娆的印记是林花谢了桃红后的素净。款款行走的女子用旗袍裹住三千年吴越，时光里的故事在一坛女儿红里酝酿十八年，把一生当作你山水的情人。

宋城还在，“还你千年”的夙愿属于告别后的相欠。柔润的雨可以缠绕性格里三尺青锋，情意里的江南被烟雨染透，君亭枕上的潮声卷平记忆的沙滩。一双脚印重新踩在岁月的纸上，古老的小巷和青砖铺就的厅堂，那把老旧的椅子还留有先辈的笑容。游船在窗下飘过，盘着发髻的船娘摇着褐色的橹。那年的河边我经营过惨淡的人生，捧起的河水带着苦涩的味道给夏天解渴。柳絮漫天飞舞，无人顾及僻静的四月，桃花是游人相机截取的胭红，季节转角时，昨日的雨只属于别人的浪漫。

离开江南五年后的今天，寂寞陪着记忆在文字里深不可测，爱情和传说争斗，理想与现实的鏖战有很多不为人知的痛楚。我们走过的风景追忆艳美时光，生活让理想和现实形成巨大的反差，少年轻狂总带着夸张的语气，连走过的城市都多了炫耀的表情。江南从流浪的起点走到今天，那种深不可测和今天的遥遥无期殊途同归，断桥的影像偶尔出现的午夜，泛黄的照片构成相思的画面。有的人走就走了，柳岸闻莺从细碎的光阴中渐渐清晰，遗忘的生动把沉寂的词句改写，曾经抵达的流年，你属于谁，谁又属于你?

有多少风情就有多少丰盈，贫困与枯瘦的青春走出旧时的天空之城。往事从记忆中一路走来，林徽因的铜像、白娘子的断桥、苏小小的墓碑、苏东坡的长堤留存于历朝历代，而后人只能沿着他们的足迹重复那条千年的路。张岱西湖看雪、苏东坡湖上泛舟都是少年春衫下掩藏的情怀，带着历史的沧桑给人生留下太多的感怀。

每一张青春的纸上，生命的原色决定一切，成长的过程中选择真的比努力重要，多彩的人生描绘的景色依然保留艳而不依、淡却清雅的本色。少年的梦想如果没有纯净的高贵和自律，总有一天会误入歧途。每个人的命运都有定律，清浊能辨，富贵不淫的品质才是成就未来的基础。江南的柔美、北方的净雪都是自己生命的胜地。当春天慢慢遍及天涯，你的春天在骨子里四季不变，温暖一生中无数的季节。

第三章：往事，只对自己说

烟雨朦胧了四月，雨过丁香梦生凉。前缘的杯盏装不满今天的茶，往事在一片花瓣上随风而逝。

有人说往事如烟，也有人说岁月如歌，歌声与轻烟都是触摸不到的虚无，只有回忆刻在心头。多年之后，曾经令人心痛的细节慢慢淡化，走在你的城市，身边的微笑已不属于当年那个人。光阴中寻找一片明亮的颜色，时间植入的记忆在脑海中被逼入死角，它像一个潜伏的暗瘤在血管不痛不痒，却堵塞着血液的流动。渐老的身影依旧矍铄，如西风瘦马走在夕阳古道，四月风瘦了早开的花，有些人，已经从等待的时间里消失。

陪着五月入梦，燕子剪开一池碧水，漫天的柳絮飞成妙曼的雪花。从回忆的苦涩中脱身，那一场天长地久的豪情在岁月中沉默。春秋路上，来了走了的人是否迷失在欲望的泥沼，三月春风也复活不了一衰烟雨下的江南。处江湖之远，忧故人安否，轻舟自横的野渡远离雨巷的旧约。年华渐老时，光阴中走失的往事掉进文字，时光的牙板敲不出“北方有佳人”的词牌，竖立的箜篌再也找不到切入的音符。

回忆尴尬了现实，誓言嘲笑了真情，冠冕堂皇的理由给青春殉葬，时间的裁判吹响暂停的哨音。斑驳的回忆不堪一提，流年的孤独何必用无聊来消遣。时间渐渐掏空了所有，五月的水色浸染了蓝天，从青梅初成到星月含凉都是季节必经的过程。当年的桃花流水到如今的梨花满地，缘分的经纬始终离不开命运的坐标。不再被“天长地久”误导，那些誓言一旦引人入彀，走不出的迷茫需要一段弹指淬火的锤炼，才能痛定思痛。

柳絮飘落，心不再寥落，飘过眼底的白花在柳枝上飞舞的时候，有人和那棵柳树站成同一种姿态。远离风花雪月的传说，守着文字交织的光阴，陪一个人相濡以沫，举案齐眉。故乡的离歌已经在绿柳成荫的路上成为绝唱。

你，不再是乡愁里轻拨的弦。陪君笑尽三千场，过往的沉醉误了佳期，半转红尘后还能说一句海棠依旧。伫立雨中，手心攥着守望的沉默，如同那时攥紧的车票，站台和渡口一样冷漠。一声叹息被风送出千里，月光织成的轻纱铺在窗台上，坠落的流星和名字一起落地，摔痛痴心妄想的心。

对着文字说起往事，记忆循着烟雨而来。多雨的季节空气是那么潮湿，以至于手指都略显沉重。添香的红袖，把盏的素手，聊寄江海余生，漂泊的灵魂从此不再随波逐流。山的盟约和海的誓言投入一壶酒中，莲花灯下款款而行的人踩着婉约的韵脚，隐入江南浩渺烟波。

走出那场花事，回忆也一起消逝，回首之间，繁华已尽，只是有人还把无知当个性，把傲气当勇气。每个人都要经过血与火的淬炼，颜值不代表资质，品行不代表人性，这个世界没有捷径，也没有永远的青春！谋划许久的借口冠冕堂皇，只是今天想起那时的誓言会付之一笑。生命中，无论是季节还是人生，凡是离开的本来就不属于自己。把往事一笔勾销，有些话只对自己说。不活在记忆中，属于文字上的情绪不为强赋新词作愁，良辰美景为意境虚设，三杯两盏淡酒也敌晚来急风。

那日去湖边，踏着返青的草看着春天绿色的原野，错落有致的桃林不再有早春的单薄。青豆般的果实上布满绒绒的毛，林中的牡丹招蜂引蝶，萤火虫踪迹皆无，曾经的童年和萤火虫一样远去，夜晚的星星和湖面的渔火争相辉映。水榭上的宾馆一直是最好的去处，躁动烦乱的心绪沉淀在一汪湖面，品茶煮酒，那个夜属于一个人独有，刚好能在离去之前把归拢的琐事一一厘清。看着满天星斗、半弯残月一直陪我到梦乡，黎明后的鸟啁带来一片空远的安静。也许，这个时候有个人陪在身边就是幸福，一壶酒便可老了岁月。

寂静不是每个人都喜欢的词，耐不住寂寞也等不到繁华。季节把尘世划分出冷暖，人生也有百态可以形容。次日微雨的湖面，昨夜的星光和回忆一起隐遁，眼前氤氲雾气的境域有一种宁静生成自己的天地。听着鸟的鸣唱，烟水深处的渔歌，透过雾障的阻隔隐约传来。这是自己的人间仙境，那种清新与惬意沁入肺腑，滋润骨子里的枯竭和慵懒。看不到小船上撒网的渔人，也看不见树上栖息的鸟儿，但我深深地知道，此时，自己已经融进这片世界，慢慢洗涤浑浊的灵魂，弥合多年流血的伤口。

雨不久就停了，被雨雾遮挡的建筑又回到阳光下。或许人也是这样，无论有多少伤痛，在世人面前都要装出一副笑脸。渔歌的高亢和鸟鸣的清脆仿佛是远古的禅音，天然的音节在空气中也流动出别样的质感，静静的与内心相和。

很多年以前的另一处湖边，相似的景色被距离无声拉远，不想为了呼应某个主题来强调往事，而它毕竟真实存在。记忆总是隔着现实的藩篱，隔着夜的黑暗和青春。如果摆脱不了俗世中的牵绊，那就给自己找一个心灵居所，可以回忆，可以醒悟。

第四章：光阴里的旧物

光阴的船载着岁月前行，每个城市居住一段日子之后，我便如候鸟般迁徙。搬家前整理寓所内的物品，丢弃无用的旧物，也丢弃那段日子里的痕迹。几十年间搬了无数次家，不能丢弃的除了自己，还有刻骨铭心的生活片段。每一张照片和物件代表期间所发生的一切，比如惠山的泥人、西湖的折扇、燕山的契丹图腾、汉唐的兵马俑。南疆的长河落日躲在记忆最深的角落，才发现光阴里的旧物不一定都能带走。

即将离开一个地方，这里没有七年之痒，只有五年之幸，重新认识的人和事从期待的快乐中跳出忧伤的泥沼。我们一直在失去和得到的过程中感受人生，而得到的总是和失去不成正比，比如青春、岁月，包括逝去的亲人。童年不算什么，每个人都不会有永远的青春，而一旦离开的心疼在远方召唤下拉锯般啃噬内心，父母、故乡、孩子，终究是不能舍弃的根本。尝试说起告别的话却不敢面对亲人的目光，每个人都在妥协，朋友、同事，包括你工作几年的单位，转身时也未必那么决绝。

离别和重逢中的悲苦被微笑忽略，我们往往在意的是告别时的悲戚和重逢的快乐，个中滋味还要自己品尝。时间斗转星移，沧海桑田难成，关山万里飞渡，从南到北的跋涉。回不到的地方和回忆在心灵的角落安静躺着，在打开某个窗口之后，往事会呼啸而来。

老是说着司空见惯的话，语言的表白只为内心服务，在挑剔别人的时候锋利无比，对自己的错却是轻描淡写一语带过。或许，夜深人静的时候良心有自责，而强词夺理的本性还是会给自己的错找一些借口。京西的那个四月，一对旅游的夫妇用身份证领取门票后丢失，被拒入园却用强悍的理由给自己辩解，甚至对工作人员大打出手。在浙西的峡谷内，因为走失而误车的人和导游争吵，满车的游客对他们的所为有的沉默，有的指责。人，不要因为自己的过错去破坏社会的行为规则，也许假象能骗得部分人的同情，因为他们不知道其中细节，但是永远骗不了自己的心。恩怨情仇和人生纷纭都在每一天得以体现，如果今天的告别是蓄谋已久的行动，我和故乡，包括每一地方留下的物件不再用文字来诠释。一张照片，几只茶具，这些没有生命的东西远不如现在视频和电话录音来的鲜活。黎明照耀的清晨，灯火闪烁的黄昏，睹物思人——有些人绑在那个阶段的物件上，甚至当年那首歌也会让心情激荡。

总有人找不到根，也找不到灵魂的依靠。山水之美、城市的繁华笼罩理想和梦幻，虚无的狂想和自己设定的目标多了一厢情愿的水分。失意与得意扭曲过灵魂，生活的附件都是手中摩挲陪伴的岁月。丽江的陶瓷是几年前买下的，对于我来说它的价值就是亲历的丽江古城那晚火塘边一对父女背篓里兜售的艰辛。女孩十三四岁，父亲的苍老和他的年龄格格不入，几十元的价格对游客来说不算什么，但是我看到他们被粗暴的拒绝和女孩含泪的低眉。

我想到自己的孩子，那时她正在江南某个大学读书，远远不会体会眼前一幕的心酸。用一张最大面值的钞票买下那个物件，女孩90度鞠躬让我一下无地自容。

谁也不是救世主，但要有最起码的爱心，那不是廉价的同情，只为每个生命的不易。在那个并肩的人形陶件里，记住了丽江那对父女，无论走在何处，它都是书架上的摆件，每次看着它的时候都会想起丽江的一切，还有那个女孩感激的眼神中流露的忧伤。

京西最好地方莫过香山。第一次去京都忐忑也开心，红叶是十月的风情，日记里夹着北京的秋天，陪着你在古老的皇宫补习明清的历史。最近的记忆是三亚，椰雕上的波纹是海浪抽象的线条，至于咸阳的帝陵和兵马俑的仿品也算一段深刻的记忆。在所有物件装箱之前，忽然有了敬畏的念头。那是对时间的敬畏。这些跟了我几十年的东西，它能否在故乡完好无损？陌生的异乡，再也看不到曾经一直陪伴无数日子的陶件和青瓷。

从来没有感受过孤单，这些年陪我颠沛流离的饰品一旦在书架上撤下之后，不再挖空心思地去寻找当年走过路上的风景。它是生命中另一种光芒，无关于爱情，有关于记忆。人，一旦和记忆脱钩，也意味着和生命告别。当青春被尘色浸染后，记忆也粘上黑暗的色泽。再过若干年，友人送我的那座青田玉雕刻的山峰再次摆上书架的时候，也许我已经离开江南，在不为人知的陌地用泉水泡茶，看东篱之菊。

给这些老物件找个安身之处，把回忆背在行囊，陪夕阳瘦马走在西风古道，长亭往事和桃花流水都在身后，波光潋滟的渡口一直延伸到城南的车站。通过命运的安检口，光阴中陪我多年的物件沉淀着岁月的光泽，耐心等我回来。

谷雨过后，一步到夏，文字，终究解了自己的渴，却不是生命的全部。生命的本味衍生出一朵美丽的花，它开在丽江，开在北方的城堡，更有记忆中提炼的淳朴。没有花的鲜艳，也没有金银的珍贵，而有形的质感就定格在眼帘，从这一站开始，走向人生另一个起点。

第五章：天长地久，不如岁月如旧

目送春天慢慢离去，五月还保留春的姿态。静坐时遐思，有个声音一直在拉着回忆往回走。行动敌不过内心的抵抗，强制用一本书来转移目标。楼下的杜鹃开得如血般鲜艳，早春的寒意也荡然无存。

离开居住 5 年的老屋，潜意识中有了抛却回忆的念头，匆匆而过的风雨留在花园小区。打点好行李，把自己重新归置到漂泊者的行列，婉拒了父母和孩子盛情的挽留，眼泪砸在地上溅起灰尘。5 年前回乡的秋天，落叶归根的感觉和环境格格不入。一枚秋叶辞树，我却辞了十几年的工作回到故乡，凝望冬天看着光秃秃的树丫，不由自主地喊着春天的名字。翌年四月，陪着家人去了向往已久的京城。风过颐和园时，人在湖边笑，佛香阁内一炷香，也许下天长地久的愿。那年，昆明湖边的杜鹃热烈也奔放，被时间和距离阻隔多年的心愿喜悦了孩子的心情，素日里沉默的她露出罕见的笑意。

很多快乐就是这样，一旦环境容许，内心的冰也被融化。

坐在十七孔桥上，往事裹着春光像水一样从心底流淌，柳树迎着阳光被春天的活力唤醒，一池春波有一半安详，有一半涟漪。八达岭的风吹开昨日的阴霾，目光顺着古老的长城蜿蜒而上，高高的烽火台上女儿挥动双臂在呼喊，爬山虎在城砖上张开绿油油的叶片，城墙脚下的迎春黄黄的小花金盏一样地仰着脸。万物复苏的季节，从江南来到北方，四月也算一个崭新的开始。昨天的一场雨在古老的城墙上留下斑驳的水渍，十几年江南的记忆变成雨水汇成溪流，滋润着春花，在滴滴答答的分秒中转瞬而过。

从京城回来之后，偶尔会面对生活的凌乱。孩子去无锡实习的当天，刻意把长城上的照片摆在显眼的地方。我懂得她的意思，只是后来发生的事让她有点失望。此时面对这栋老房子，面对再次就要告别的故乡，时间让曾经的伤口开始结疤。岁月渐渐老去，有些梦会醒，有些不属于你的人会离去。每个人都是生命中的过客，当人生走到一定年龄，很多梦想无论有多少光环和誓言，慢慢地就懂得把自己的身心安放在何处。

放下，就是自在。真正懂得放下，需要经历岁月的伤痛和磨难。每个人都孤单过，只要活着孤单就会存在。今夜的月亮枕在树梢，一会就坠入乌云后面，阑珊不是繁华，只有庭院深深深几许的寂静，和思绪较量，漂泊和沉沦在季节中反复无数。但是，我相信再深的黑夜也有天亮的时候。那年的“五一”和今年上演不同的故事，只是5年之后的心智再也没有当时的混沌。时间是个天生的猎手，也是公正的裁判，它会摄取你的青春，你的容貌，也会让众生在时间面前露出人性的善恶。

闲来翻书，偶尔会在一篇好文章里沉思不已。所谓的心灵鸡汤类文字，如今很少去细读。微信泛滥的年代，太多的鸡汤铺天盖地令人消化不良，倒是“五四”时期那些文学作品给人滋养。这不是怀旧，只是个人对文化的认知。想起当初，在京城的十几天里走了好几个胡同小巷，寻找那个时期保留下来的文化气息。特意带着孩子去了鲁迅、老舍和胡适故居，在那里去感受他们的峥嵘岁月。到今天，文字一直支撑着我，即使不能有所建树，也会守着这份梦想走完后面的路。少年时代追逐天长地久的梦，等到渐渐老了之后，才发现天长地久远远不如岁月如初。二千年前的古乐府里说：“衣不如新，人不如旧。”这句话无论时间过去多久都是至理名言。

季节都是以春为序，一年中的夏秋冬延续人们的生活轨迹。告别老屋子的清晨，设定的铃声和孩子的电话声同时响起。这是多年之后的五月，那个铃声不再是当年熟悉的《后来》，而是以春为导向，在昨夜临睡前把一首《春天在哪里》设置成黎明的呼唤。

不再用煽情文字杜撰爱情的诗意或者伤感的告别。五月，会顺着十几年前的原路返回，只是父母的白发已经如雪，精神也没有当年的矍铄。感谢他们理解我的苦心，把我从孤独的囚笼里放出，家人也没有当年的骄纵和冷漠。搬家的车子离开大门的时候，我听到车内传来一声重重的叹息。

少小离家，如今这个年龄还是走回漂泊的路。很怀念书房内宽大的电脑桌，一盏灯下的时光和几百本书构成丰盈的世界。也许人一旦年龄大了就不再轻信诺言，那些书和文字让我没有在孤独的岁月里沉沦。过不了多久，父母、孩子、家人会在离别的站台说再见，唯一惧怕的是父母的白发在风中颤抖。不敢再往深处想。第一次离家去江南时，院子里的葡萄硕果累累，今天却是踩着春天的余音走向远方。在身后充满爱和祝福的眼神里，背影留给爱我的和我爱的人，把希望和未来留给自己。

第六章：你是藏在海风里的诗

翻开藏在海风里的诗，你是隐入山林的花。如果季节忘了流转，那就留在深恋的海边；如果忘记那天的海浪，就让回忆的潮汐拍打我的胸膛。椰树划出柔软的弧度伸出挽留的手，我却在天涯的礁石前，去寻找东坡先生那些年被流放的孤独。

风是咸的，吹干了诗人的眼泪。浪花堆雪的海平面上，可否有一只思念的船在今天起航。在很浅的相遇里，南国的风穿过唐诗宋词的烟雨，悬挂的帆撩动记忆深处一片云海。三角梅鲜红的颜色和红棉媲美，你只采下一朵，就留住了十月。

春天，还在怀念海边走过的季节。其实，本身记忆不差，海边的初见却变得朦胧。也许是天涯太远，我们彼此又隔着天涯。万里之外的清风明月下，谁也清晰不了一个温润的形象。秋冬过后，走在故乡的街道，无数次还原那一季风高浪急的离岛上走过的风景。告别时不敢问起后面的行程，擦肩的身影就这样留在回眸中。后来的回忆在举杯的寂静里，目光缩短不了今生的距离。

凭着缘分相识于南国，一座海边城市的萍水相逢让相遇变相知。热带雨林小路上，举着相机的手追逐天涯海角的风情。时光荏苒，我们只把相遇变成熟悉，在后来的微信中偶尔送上节日的问候。回忆在时光里鲜活。南山寺的红棉树下，突来的雨驱散十月的炎热，好在习惯了三亚的天气，它的多变都在心理预期之内。蜿蜒于山间小路，路边的花犹如花朝节的绚烂，互通姓名之后，江南水乡游历的脚印却没有迈入那年的花朝节。你从商周的大地上一步天涯，在误打误撞的相遇里有了同行的快乐。我们都接受这样的缘分。结伴同行的几天中，几个人多了一份快意，甚至在海鲜集市上讨价还价都提高了勇敢的音度。南海观音前一张合影，把友情净纳，随身带到各自的城市。

回忆也有声音，尾随笑声一直在缭绕。也许今生我们不会再见，而你们的青春和朝气感染过天涯路人。那些声音带着熟悉的脉律，照片上，身后的海泛着蓝色的泽波，定格成海天一色的永恒。如果在意这份相遇，各自转身后的音容偶尔在脑海中闪烁，黎寨前赠予的纪念品是一把闪着银光的小饰件，看到它的时候就想起你们。它与岁月争辉，把相离的祝福留在心底，观音前合掌祈愿，对于告别后的重逢少了人为的期待。

五月到来的前夕，离那时的秋还有一段日子。地域不同，却有很多相似的景色。和四月打了一声招呼，有的人和事就成了昨天。也许我们的生活中，承诺同舟共济的人会把无情当作信口雌黄的狡辩，人生的每个阶段，只有真情才会久远，爱情也会被现实的欲望扼杀。欣赏那次三亚之行，朋友的直言："情感的世界不掺杂物质欲望时，真情才属于自己。那些扭扭捏捏，欲语还休的小情绪都是不坚定的表现。两肋插刀和芳心暗许就去用行动实现，而不是口是心非的装模作样。"凤凰机场的一切记忆犹新，到现在才懂得古人所说的一见如故是怎样的含义。这与暧昧无关，是对相遇的珍惜。那天送别的酒在机场餐厅一饮而尽，眸中的流波和嬉笑打趣只代表相识的不舍。情非情，爱非爱，半晴半雨半江湖的人生，谁没有遇到过相似的场景。那般离舍纵有决堤般的潮汐，也有酣畅淋漓后真情地涌现。

每一段记忆都是历史，走过的天涯海角移植在彼此的世界，如果这个世上有传奇，宁愿把这段相识写成一生珍惜的传说。我们不能保证以后再见，但可以保证那张照片会留在十月的相册，留给未来的岁月。想起黄土高原，以及西周青铜鼎上的铭文，你从三千年的渭水踏青而来，在友情的保质期内，一百年不变。

五月，柔风横扫南北，法门寺的佛音早就存于记忆，石鼓园的青铜器只是默默地说着一个远去的离殇。你们相邀的陇县草原可以恢复 20 年前的记忆，一坛青稞酒容纳河西走廊二千年历史。快乐和重逢都留给下一站，即使酣醉，也是雅和。我们在山间酒肆流连，重说十月的故事，最后还是用一杯酒送别。

眼眶溢出的祝福流在脸上，春风作信使，重新翻开海风里的诗，试图用文字打开记忆的门。关于那时的一切，某个举手投足的情节在一句话的问候时深入骨髓。此时的边城温暖如春，文字里不写上你的名字，每一处风景隐藏的快乐只有你们感受。回忆从指尖蔓延，静坐在回忆深处，我在想：那是一种怎样的相见，让我们从陌生变成忘年，分享彼此的快乐，感受生活的况味！

第七章：你的青春——她迟到的时光

和故乡告别，也告别了旧时光，一本崭新的日记上描绘后来的日子。端坐在时光里的人安静不语，在岁月的留白里写下另一段光阴。

三月没有惊喜，四月悄然转身，如果用回忆找到从前的路，三月桃花和人间四月天都在今天敛尽乡愁和伤感。扉页上写一句自勉的话，“柔水汐云躲在文字的背后，有些往事终将回到从前。”走出来的影子有点单薄，即使带着熟悉的音容，红尘染心的墨迹也融化半世孤独。丢下难以忘记的痴妄，故乡的水在梦里幽幽，话哽咽在喉咙，有一个词还是挣脱出嘴唇的封堵：再见了，亲人……

再次沿着运河走进江南，未知的明天是阳光般的召唤。在穿越长江夜晚听浪花轰鸣，跋涉的脚步还在城市之间流浪。从起点回到原点，迈出的脚步不再是丈量的天涯。水乡纵横的河道，蓝天浮云下的阡陌，记忆中隐藏的小巷蛰伏着沉默已久的期待。十几年前的江南，走过的路不再像青春时的满目苍夷，在今天放下所有，还是忍不住把故乡张望。

青春老了，曾经乌黑的青丝开始染霜，问候时也不见当年头上扎起的蝴蝶结。甚至走的那年，最后一次梳妆也不仅是为了挽留年轻的岁月。那天，乌云厚积，绷不住的雨三两点落在身上，也打破告别时压抑的沉默。挥别的手凝滞在半空，转身的背影不是同一个方向。雨打残荷，秋天的心情被泪雨击中，软绵绵的花借助雨声的虚伪掩盖无力的告白，在无人的街道狂奔。那一天，无法忘却。

江南，任由我衍生思绪的恣意，十几年不算短的路走得踉踉跄跄，不想在重逢之后有离别时的感慨。曾经的记忆演绎成哭笑难舍的回忆，这并不是不能走近的故土。时间难以预料却不一定全部拥有，一座石拱桥上不乱的脚步从新踏出，回忆也加重思念的砝码。来来去去的人生，我们总被世俗挑战无情的底线，然后再去容忍生活赐予的磨难和眼泪。其实，每个人都有艰难的路，虽然背景不同，环境各异，生活的况味也只能用自言自语的形式来拆解。无数隐瞒的过去很少述说那年的经历，只希望命运赋予的深刻在今后的文字里还能说起当年的快乐。

持守岁月，断掉的记忆链终于和现实对接，宁愿自己是第一次踏上江南的游子，也不愿期待和过去的记忆重逢。青春是迟到的时光，五月时令也只是笔下拓展的希望，把眷恋的词添加一个否定语。沧桑的光阴与理想为伴，这样的心事是不是等同于向未来宣战。把可期待的快乐揉进简单的日子，尽管有繁忙和清寂，也不愿用皱起的眉招来亲人叮嘱的心疼。

时间磨灭了幼稚却磨不尽豪情。踏上江南的岸边，山水间的烟雨滋润干涸的心灵，四月的花落在看不到的地方，也少了内心需求的温柔相待。每一个陌生的土地上都有不一样的风雨，每一张冷漠的脸上更没有义务为谁献一份温柔体贴。路要自己走，所有的怨怼都是不成熟的幼稚。有些事可以渡人，有些事可以渡己。挺起胸膛迎着掠过的风，让它成为异乡夏日的清凉，收集每一个阳光灿烂的日子，在寒冬时取暖。

我知道，时光毕竟让你在青春里迟到，不能携你在异乡落脚。在深情面前辜负的青春让所有的誓言都不堪一击。从告别的那年起，赠予的祝福是一生平安。我并不是执迷山水的游子，也不会纵容回忆泛滥。月落乌啼，江南柔软的波光漫过往昔，离乡时预设的情节在暗处蠢蠢欲动。但我希望：流水般的岁月日益丰盈行走的双肩，让快乐凌驾在乡愁上，洞悉世间的心酸，用生命跳跃的火花燃起岁月的光芒。

守候某个片段，往事稍纵即逝。走在五月的路上，风透过阳光传来夏天的气息。渐行渐远的背影里眼神早已浑浊，以至于那年秋天消失的场景也无法在江南重现。谁也不会迷失在青春的伤口，如果命运真的让我适合流放，那么，今天的江南依然是梦里的疆场。再一次描绘五月，走出那场时隔多年的记忆，散落的誓言犹如锈迹斑斑的刀锋，已经造不成任何伤害。空旷的原野上，葳蕤的春草将遗落多年的脚印一一覆盖，多年前被踩痛的青春在暮光之城下，拥抱最后一片晚霞。

时光把春天挤出季节的门楣。这片熟悉的土地上，草长莺飞河岔纵横，季节掩盖不了所有的细节。青春和岁月交缠在一起，目光投过河的对岸，舒展的筋骨如四月裂帛，咯咯作响！

第八章：立夏的雨

到金华第一夜，半夜暴雨惊醒沉睡的人。天空的闪电把乌云撕开一个口子，倾盆大雨尽情倾泻。下床，站在窗前，听着雨的旋律弥漫天地之间。无法用诗意去描绘更多的心绪，异乡的日子，所有的想象都填补不了失去的曾经。

雨落在窗外，融进夜幕里的雨线修饰了一个人的夜。这场立夏的雨让我想起两年前那个夏天，她的眼泪滴在地上，茫然的惊慌溅湿流浪的衣襟。所有的疼痛都在雨中，以至于那个告白的夜晚绿色的字体如被风狂飙的野草，倒伏在泥泞中。一纸梦碎了，连同江南的丁香散落一地。江南容不下一个漂泊的身影，干涸的心被雨季浇灌，多了沉重的潮湿。

两年过后，再次看到这场雨，雨中的人早已经不是当年模样。站在窗前想着那个人，过去的一切都不复存在。岁月改变的是容貌，而经历太多的故事连性情也大变。七百多个日子，孤单的身影盘旋在季节的风雨中，和着时光的脚步，夏雨冬雪不侵皮骨，只是侵入内心里最后一丝柔软。人的绝望都是被无情伤得太深，金庸笔下的李莫愁、梅超风，哪个不是当年温柔可亲的女子。究竟是爱情毁了她们，还是生活让她们改变了性情？我不知道今夜的雨在预示什么，从四月来去的花事中，必须让梦想改变一场宿命。

梦和现实是正反的两个方面，当我们把梦想嫁接到现实，时间却不容许我们返回当年。季节可以轮回，命运却不可改变，不知道在立夏的雨夜，一个人居住在举目无亲的城市是自由还是快乐。雨水打过的地方让回忆的每一个细节都开始清晰，过去的记忆却在视野中逐渐模糊。也许等雨过天晴之后，那些年，夏天的真相会像雨水涤荡过的青草一样，在浑浊的淤泥底浮出水面。

往事，只是映在水面的影子，但是记忆却不可抹杀。雨渐渐停了之后，汇成的小溪不再那么浑浊。归去来兮，江南迎来送走的春风湿润了四月芳菲，却柔软不了骨子里天生的坚硬。过了一会，对面的窗户也亮起了灯，映在水汪汪的地面上略显斑驳。伫立的楼影和旧事毫不相关，它却就那样和雨夜对峙，等这场雨水成溪后流入婺江。

天明之后，裸露的泥土在雨水的冲泡下开始膨胀，顶开了铺在上面的石子，连几棵小草都歪歪斜斜。一只黄鹂飞上天空，却永远冲不破云层，落单的身影唤不回离开的同伴。走下楼去，墙角边的青苔种上昨夜的记忆，那年，身陷在崇安寺的雨中，也曾虚设过良辰美景。而六月的蝉声挑开过五月的寂静，客居异乡的闲愁变成唇语间的微笑。那段快乐与忧伤并存的日子在短暂的停留中记忆深刻，一场预约的假期匆匆夭折。

走在陌生的街道，孑然的背影留给昨夜。朝霞映红天际，空气中有独特的清新。再回江南的五月，天空少了那年告别时的薄雾浓云。轻烟扶摇直上，眼前的风景多了无限的想象空间。买早餐时迷了路，却躲过脚下的一汪水潭下浅浅的陷阱，路边的丁香被折断的枝条横斜在水面，四月余留的暗香也随风消散。一步到夏的五月天，有些呓语还在心中回响，春天的背景早少了一抹水乡的古意。

手里拿着一把伞，只是此时它已经是回忆的道具。那年故乡的街头听不到灵山寺的钟声，一杯酒醉了月下荷塘。夏天成了记忆的一堵墙横在中间，在离开的四月被雨冲刷了唯一幸存的标记。你曾经说过，如果我愿意，宁愿用一生去交换来世。而在诺言来不及兑现的时候，变更的季节，也变更了初心。当我重新回到江南的五月，脚步画起的路线在两点之间蜿蜒，城市边缘各色蔷薇散发阵阵香气，和零落的丁香形成强烈的反差。公寓和上班的地方有半小时的路程，迎着清晨的阳光却看不到往日的笑脸。这不是我熟悉的江南，浙中地图上一个红色的圆圈却生生把我圈在这里，在这片土地驰骋。

看不到浅灰色的石板路，也没有白墙黛瓦，小桥流水。但是，这里不仅有金华火腿，还有初唐的骆宾王、清代的戏剧家李渔，更有著名的横店影视城。初来乍到，并没有奢望在没有安定的时候去看当地的名胜古迹，立夏的雨也浇灭午夜滋生的豪情。

金华的天宁寺建于北宋，比常州的天宁寺晚了几百年。路过这座寺的时候，没有走进寺里，也没有时间去听禅悟道。只是常州的一切在心底保留的最清晰，和江南穿越时光1300年后，我把故乡的一切留给回忆，然后顺着运河一路漂流。

这个立夏，面对陌生的城市，内心有了全新的感触，江南水乡终究藏了我的千年家国。过不了多久，我会去游览陌生城市里的每一处风景。寒冬酷夏，一个人的肩挑起孤单的尊严，期待在端午后的一个下午，你坐镇的江南还是我永远的夏天。

第九章：情义的恩重

低眉尘世，相遇红尘，江南一梦，转身十年。想起相遇后情义的恩重。

从北方一直向南，烟水人家的往事却是锦书难托的无奈，不知道从何时起，江南的记忆和北方的春天完整的连接在一起。春寒夏雨的兜转间，被离弃的愁苦渐渐淡忘，踩着春的尾音重返江南，故乡的寒被远远丢在身后。站在阳台，城市灯火掩盖繁星点点，北方辽阔的平原，我记得一树梨花开放后的雪色，也想起一身白衣穿行于树间的女子相识在春天里的灿烂笑容。四月清晨，薄雾如纱，阡陌上露珠晶莹，那是梦境中嬉笑的真实。从夏日晴午延续到黄昏，笑声中漾着暖意，却在目光追逐的背影后，你发出一声沉重的叹息。

倒也不担心江南的陌生。那年秋末时分，胡天八月的旷野大雪纷飞，从北国的窗口遥望江南，墙头的月光落进手中的茶盏。说起屋外的寒梅冷雪，牙齿的颤抖令你沉默很久，想起门前的那池荷花，记忆的清欢更胜昨日。多少年过去了，你的青春是域外的豪情，当我从一场作茧自缚的寂寞里破茧，最后的故事用绝情的结局掩盖命运的无情。并不怪谁不愿给予温情，也不奢望曾经脱节的记忆重新弥补岁月的空。人生就是江湖，无论你是谁，只要铭记情义的恩重，便有内心深处无法舍离的温暖。

刚到异乡的日子，连日的雨把我关在公寓寸步难行，没有开水，只能看着茶叶发呆。对离不开茶的我来说，所有的饮料都苦涩难咽，思绪却如脱缰的野马在回忆里狂奔。那年的春天，你说梨花上的露水可以喂养一个花妖，你的文字又供养了谁的岁月？狡黠的脸上波澜不惊，而恍惚的时光里，人间风月渐凉。

走过太多的地方，流年暗换。南的草绿了，那个花妖却修成了不老身。流放的途中，行囊中写上你的名字，压在箱底的回忆在日记里蠢蠢欲动。青春早已沦陷，爱情的三十六计环环相扣，夏天阳光灼伤春红，青春和爱情早已归了尘土。往事如雨，湿的不仅是心情，如今笑着的泪洇灭了黑暗的烟火，谁的背影还能倾城。

五月江南，花香遍野，清晨汇入寂寞的雾中，一梦还是天涯。芭蕉不展丁香结，同向春风各自愁。初夏的丁香不再有低头的娇羞，来不及和我打个招呼就匆匆退场。杜鹃开满山间田垄，最后的一朵迎春竟然在柔软的枝条上探出头来迎接异乡游子。青春正好的时光没有相遇，四季中不同的足迹也没有留给现在的你。当我的行踪出现在古朴的街道，宿命却把你冲上昔日的岸边。此时，你在故乡的田埂上采一朵蒲公英的花，低眉轻嗅，却闻不到三月花香的气息。白色的外套隐入碧绿的原野，一地的野花衬映春天的背景。

遇见，并非意外，清除从前流浪的记忆，很多无关的悲伤都隐入烟雨。一些人也如过客就此不见，而你还在远方温视我的背影。远离世间虚无的承诺，用体贴入微的细心抚平流浪的皱纹。这也是情义，不分物质的轻重。你我少年相似的足迹早被岁月抹平，甚至儿时取笑过的女儿妆也成了打趣的笑柄。到今天，清眉不描，红唇无染，长发已经遮掩了青春的痕迹。今生所有的感动不仅有相知的相惜，还有无求的寡欲，随问候的低语一笑成妆。

快乐总是可爱的，它可以感染远行的游子，也能温暖异乡的孤独。犹如初夏的晴朗，连心情都变得明媚。日记中涂抹的名字不再是少年望着天空发呆的无助，而那首《童年》却镶嵌在文字中成了循环播放的旋律。晴窗临帖的午后，挑灯夜读的红袖都被拟写成梦里的歌谣。纵有缺憾，也是默默祝福时的幸福寄语。

千山万水外，跋涉的脚步不起半点尘埃，镜头里你恭敬地走进今天的生活，摄录一生最美的韶华。告别时的沉默，分明是用理智压下心中升腾的火焰，那样的表情是隔了多少岁月都不能忘却的画面。这样的恩重，也是生活中未能理解的感动。

滞身江南，心过千重山。故乡的你在素日里独然行走，偶尔写下的问候用作短文的开篇。相望的沉默中，一大片空白，留给幸福的你。

相识就是离别，世间事大抵如此。生命中定位的角色既然无法改变，就把未来写成心灵的相依。初夏的午后，坐在街头安静的角落，临窗的一杯咖啡氤氲起轻烟。啜一口苦涩的香甜，想和你说一声：“人生苦短，相遇真好！”

第十章：被雨敲痛的夏天

雨，敲痛了夏天，白裙，染了月光。棕榈树下的高跟鞋踩着七月的海浪，那时候的爱情是一株丁香花迟来的绽放。随心所欲和随遇而安的心跟着四季随之变换，一首《春之歌》在元夕夜响起。千朵烟火璀璨，缤纷的色彩如今夜的雨被灯影折射，唤醒故乡湖水下恬静的梦。烟雨中的柳条如发丝柔软，冰雪在城市乡村湮灭的午夜，童年还在眼前，醒来后，青春走了，只给我一个素净的背影。

一杯酒点燃岁月激情，却打湿了欲语还休。灵感和黑夜一起沉默，寻觅的心只能在梦中与心灵对话。童年的秋千开始散架，灯影下一次无意的回眸便看到熟悉的踪迹。春归何处，寂寞无行路。窗前明月窥视柳梢上难解的灯谜，云水深处的盈亏圆缺迷茫过望乡的情愁。生命如此短暂，当时光渐渐老去，我们随着时间的脚步也一起变老。豪情、爱情、纠缠与争斗，亲人、爱人、朋友与知交，那时候也会各自天涯，甚至音讯皆无。如果人真的有来世，还希望见面的时候说一声："别来无恙。"

雨帘划过漫长的三月，陈旧的故事被时光封藏，记忆隔着昨夜的灯火，隔着青瓦上雨水滴落的叮咚，呼唤荒原下沉睡的土地。风轻柔的拂过柳枝，拂过你的长发，远处的爆竹从小巷深处响起，到后来再次听到那样的声音，寒梅修竹伴随细雨敲窗的雅趣，四月的春意已经浓的让梨花都铺天盖地。想起二十四桥上走过的春天，琼花胜雪的梦幻中，你在船头撑起的伞下注视的柔情。那时候，青春已经到了尾声，在唐宋烟雨中吟唱不老的词句，你的声音成为春韵里动听的歌。

黄庭坚云：“若有人知春去处，唤取归来同住。”风飞过蔷薇，柔润的思绪在记忆的回廊婉转，雕花窗前虚掩的少年情怀都是午夜说起的故事，用清丽的歌喉唤醒青春的回忆。谁也无法终止对春天的渴望，少年纯真的相遇在背离的命运里叹息。灯影如幻，柳絮如雪，被落花砸伤的人纵有柔肠百结也无法和命运抗争。那时的元夕和梅香在江南的往事里沉淀。解冻的寒土上，我还是怀念那一年迎春的娇黄，独自用一杯酒调和此时的情绪。

在夏天的这场雨里，寒冬的贫瘠早成为过去，从心灵的角落里捧出潜藏很久的你，怎能忘记少年时走失的迷离？时光消磨在似水柔情中，谁说今生注定走完的路就在孑然的雨巷。那把伞下的春天潮湿很久，西湖的杏花依然开在江南。水榭楼台，木门外的石板最终会通向远方，青色瓦片上滴落的时光让古老的屋檐破落不堪。桃花坞，我还能听到你的脉动，伴着城南旧事里消退的笛声惊动乌衣巷前斜飞的雨燕。想起边城的柳、崔护的词、塞北的雪和南飞的雁，这些记忆都是相聚的话题。一匹蓝布渲染成乌镇的蓝天，用单一的色调描绘简单的相遇之美。

重新拾起失去的时光和丢失的青春，在你我的记忆中，永不希望我们共有的家园成为一个人的回忆。夏雨频繁，八千里路外的高楼望断，天涯从春天开始已不属于简单的感叹。手心捧起的雪花和梅朵静静地开着，倾盆雨被风蛊惑，悄悄走进等待的梦中，端起临睡前那杯温热的茶。欣喜着，看你沉默不语的笑靥却难以移步，眼角闪烁的晶莹是对忘却的记忆中等待的寂寥。你忘了少年的乐趣，却忘不掉内心许下的相依，用一滴泪敲打六月沉睡的窗。

春风又绿江南岸，一只青鸟丢下的种子开花结果，湖畔复苏的青草借着雨的滋润疯狂地生长。蛰伏的虫子钻出泥土，闻着花香，听着鸟语。肩上的月光照映岁月铅华，白衣和月色相融，从寒冷地带一直走向夏天，哼起熟悉的童谣，目光牵引季节的走向。墨绿江南，夕阳古道，快乐的歌声泄露内心的隐秘，一支荷就作了六月的雨伞，走进一条烟锁重楼的小巷。

不忘季节的底色，黎明之前雨渐渐停了，看流淌的运河，闻满树的花香。这场雨绿了芭蕉，红了樱桃。我终于知道，那年元夕夜未说的谜语只是分离的劫。那天，冷雪飘过斑驳的城墙，河水流过故乡的门前，晨雾轻泛的湖心，听原野缥缈的笛声，在月光粼粼的水面，你从垂柳依依的桥头上岸。

你来了，终于挣脱俗世的禁锢，在风暖水软的江南说着四月芳菲的快乐。一盏茶氤氲着春天的情节，夜雨敲窗的六月，让目光穿过岁月的长廊，还愿青春不能成就的梦想。

第十一章：谁的青春不年少

断了与你的念，就把自己放逐，有些往事只是沉痛的哀悼。记忆尚在，足以让后来的路看得清晰，让有些事看得透彻。这样的思绪中，有一份温暖抵消爱恨情仇，把自己投放在夏天的阳光下，烟雨在时光里匆匆消逝。很多幼稚的诗句里，春的光亮衍生夏天的色彩，青春从日记的字迹中模糊之后，剩下的日子不再懵懂。

翻阅多年前的日记，曾经模糊的记忆在时光影壁上走出另一个影子。念你的好，闻着六月的馨香，重新站在眼前的微笑亦不是当年的你。青春的梦醒了，后来的人走了，些许缘分也被现实搓揉得变形。那人生旅途中与你并肩的人也曾攀越过崎岖的路，走过故乡街头坎坷的小巷，将心疼留在跋涉的未来，走完一个人的三百六十五里路。

未见的时候，总觉得江南的春天丰盛葳蕤，更看不到北方那种“风吹草低见牛羊”的辽阔，内心的丰足让情感蒸腾。夏日的紫薇胜过桃花三尺，从不把在意放在心底的青春就这样粗暴地从眼角淡出。拂肩的落英从四月谢了，初遇的笑声掩盖了相思语。多年后，穷愁潦倒的年龄未成为两个人的地老天荒。那些年，我们的青春都熬成情苦的词。

谁的青春不少年。夜深人静的时候，身边的人不是当年的容颜，对于她的幸福，我可以恭敬祝贺，而想起那时的誓言，便把记恨轻轻放下。总有一张笑脸胜过当年，青梅落雨之后，会在另一种寂寞里写诗。

走进一座寺，点燃一炷香，从爱情的信仰里入定。连日的雨细细地裸着亮晶晶的雨线，它没有词的平仄，也没有诗的韵脚。失去青春的年代，记忆没有对白，回忆没有生花，只是学会自己从闹中取静。尽管一场相遇是意外，少年破涕为笑的情节也是寒冬下偷生的花骨朵儿，等一夜春雨滋润的绽放。人活在世上，想明白人情世故真的需要阅历，懂得方为从容。每个人都有不被待见的青春，只是那时各自转身之后，春天来了，花未开。

对于春天来说，四月芳菲是门前半掩的羞涩，今夜的雨已经不是盛夏的倾盆。不寒不暖的三月在晨雾里分不清天南地北，流露的表情也不是雨帘外窥视的少年。端午的香囊藏在身后无处安放，等到转身留下的背影渐渐消失后，才知道那时的情愫痛入骨髓。梦里拾起的囊袋上，真丝刺绣的名字沉默几十年后，那个温暖的春夜，有多少相思断了箜篌的弦。

脆弱的生命，往往和自然相连，每个人的少年不是都在最后走向夕阳吗？只是，今夜的相思和他人无关。它是一个人的往事，两个人的青春。思念作古的暮年，你把十七岁的相遇走成孤城，在分离后独自皈依，还能把慈悲植成心中的莲。不说落雪，不提残缺，生命懦弱之处往往是我们人为的躲藏，规避的幸福就是人性的退让。三千溺水，泪汇成溪流的潺潺，在软弱的退避里，每一颗心都落霜。此时把青春的情怀轻轻拾起，朝朝暮暮成为自己相守的期望，灵魂在偶尔的回顾中与情恨和解，眼泪里的湿度，只能用枕巾吸干。

青春无法收割的幸福已是祭奠的云烟，却无法反悔。当后来的相遇被苦难提醒，江南梅雨季节，思念做了不归的游子。此时，江山云过，塞北无雪。初夏，在一朵栀子花里轻嗅梦的气息，感受生命中另一种存在。谁也无法把内心练成刀枪不入的坚固，七情六欲很难被坚强压抑。如果带着醉意的胡言乱语触动潜藏的心疼，岁月的魔镜里，有一个人的青春永远常在。

前缘未尽，又无法分辨，所谓前生后世都是轮回的见证。看不到那个人青春里低眉敛目的娇羞模样，却因为相信前缘做了无畏的挣扎。相信前世不远，后世可见，轮回的船总不会在青春的沙滩上搁浅。缘分的海岸有一舟可渡沧海，可数的时光里彼此都相信：相遇简单，相爱却很难。

离开对方不是谁的不好，而有的好不一定被拥有。单纯的笑，傻傻的哭，在今天不合时宜，却把少年的青涩和练达的人情与世俗同流合污。现在想来，彼此都懂得内心是什么阻止了欲语还休。生命的青陌之上，杜绝青春误会的苦楚，不再给旁观者一个多嘴的机会。

即使世情洞察，未必能决定谁的幸福。

屈指可数的岁月从单薄变得丰盈，内心的枯凉逐一化解。在彼此的眼神中看清自己，未来的你不再是阴山脚下苍凉的明月，也不再唱着昭君路过沙漠时的出塞曲。筑起明天的城堡，青丝成雪后走遍关山，烽火台上携手望远：不为爱情，只为相遇。

第十二章：一半遗忘，一半重生

天凉得正是时候，燥热也就慢慢消退，偶尔的阴雨让秋显得更明显。捧一杯滚烫的茶，闻着茶香浮动的春息，嫩绿叶片在热水中伸着懒腰，像午后慵懒的女子从春梦里醒来的模样。隔着夏天的追溯，某种记忆沉浮在岁月的表面，又无声无息地隐退。无论是忧伤还是喜悦，时间让很多人和事露出本来的面目之后就淡了，当年的贪奢和执念也不过如云随风。低头啜了一口茶，温暖从口腔流进心底，也压下内心的蠢蠢欲动。

往事流觞，在浅秋的光阴下重生，所有的深情也只有一个人作壁上观。一杯茶烫着手心的凉，不由想起“天凉好个秋”的词。前词旧句斩首去尾，留着这句心境。这时，想着八月风掠过的回忆，很多与彼无关的冬夏走进未来的生活。尽管你手心捧起的茶用北方冷泉冲泡，却依然有春天的花开正好。我们都是生命的行客，离岸的江边约定秋天的重逢，抚慰余生所有的神耗。

一生中，总有很多琐事消耗过青春和热情，意识到这一切，青春已经消失得无影无踪。焦躁与无眠的夜，数落过寒星，迎接过黎明，在四季流转中流浪，迁徙的身影如候鸟般往来。只是，总是害怕经历过的撕心裂肺又重复在冷寒渐近的秋风，在交往了解中，渴望有推杯换盏的机会，触摸指骨上依附的温柔。

如果爱情还有信念的坚持，那就算重生后的一场预演。风尘仆仆的脚走过漫长的黑夜，在开春的雨后走来单薄的等待。生活的空间不再拥挤，相约小坐时，几片碧螺春入盏，就有了娓娓道来的故事。那天的天气和此时相像，但城市和街道远没有今天的多彩。很多心事被水泡开，苦涩的清香里品着生活的味道。茶楼里重复放着一首歌，我努力从歌词里寻找多年前的背影，那一壶茶做了重生的引子，熟悉的旋律成了春天的开场白。我们都不会提及往事，生生斩断之前无关的一切，偶尔有风来串场，却吹不到你青春的长发。再次重逢，茶水里映着眉间沧桑后的清新，只为彼此放下的欢悦。

过不了多久，寒流会慢慢侵袭秋叶上的颜色，迎风而上渡过寒江秋水，终会走进曾经遥不可及的远方。在白雪覆盖的故都，几枚枫红调和这季的单调，心情回到极其安静的点，也抹去不该滋生的欲念。尽管有人说："期待是痛苦的根源"，我们也经历过人生里残酷的一面。但是想起那天说的话，期待便如春天的萌芽，在风雪交加的寒枝酝酿新绿，那样的话为后来定调：

"我不相信人性，但是我相信你！"

这句话可以抵挡人间风雨，也横扫世间不曾领会的郁结。并不是每个人都能懂得珍惜，总有些事如隔夜的凉茶，品起来索然无味。记忆清零之后，在内心开垦一片净土，把自己收留。

当年，故都走过的脚印，唯独少了你的陪伴。故乡的路那样长，隔着遥遥无期的等待，唯有这杯下午茶同色同味。当心一旦安静下来，这世上从此无恨无憎，有这杯茶垫底，便有了风雨兼程中拼杀的勇气。

有人以品相论茶，我却用秋色入茶。几颗莲子心润着心肺，就约定未来的家门前挖一池小小的荷塘。几垄菜畦肯定要的，但你预定了其中的一块，非要种上几株花花草草。年龄大了也不失童真，更要在木屋的窗前栽上一棵大大的丹桂。夏时看荷，秋日听雨，重温江南行走时铭记的风景。说着这些，你眉飞色舞，我却在秋风渐浓时用舌尖辨别茶香。这究竟是梦，还是画。

南方的秋虽然暖昧，但是子夜过后，钻进窗子的风多了清冷。灯光晃动人影，也不知道未来的家可有蓝图初成。遇见就是轮回，昨夜的雨从南到北下着，你把屋檐上小小的瀑布拍成画面回传。风从骨子里钻进来，钻进想你的夜，伸出手，却摸到空气中微薄的凉。这栋老房子的爬墙虎开始应景，微黄的叶片从窗沿下探出头，窥视我画字为牢时一个人的安静。其实，它看走了眼，捻着念珠的手是在空中化缘，等着冬天过后的另一场生机。爱情里最难的不是爱与不爱的认定，而是多少年的隐忍和等待。在这点来说，你的隐忍略胜于我，甚至分离数年的光阴中，思念的话也只在眼角的泪水中传递。

花可以为媒，风就作了前哨。爬墙虎的叶子不知道什么时候被雨打落，漫长的冬天就要来了。蜷缩在窗下摇椅里的心思被茶水浸泡，某些故事也不在乎季节里的飞短流长。红尘俗世太繁杂，虽然春天的告白启齿太晚，我们已经学会一半遗忘，一半重生。当千里之外某处灯火下的影子转身，即使喝着告别的茶，唇齿间余留的味道，是不舍。

第十三章：瞬间沧海，一眼万年

特别喜欢大海，也就留下很多关于海的记忆。从七月的海到北方的军港，总是离不开和它有关的故事。从三亚湾回来，南北之间几千里的距离，总是把你和海联系在一起。除了深深的眷恋，还有海水洗涤过心灵之后的剧痛与重生。只是那年北戴河未能同行，一直没有停歇的脚步支撑瘦弱的身躯把自己流放，希望在某一天，把家安置在海的身边，陪你一起终老。

曾经沧海，难涉江河，这些年不知道自己在寻找什么。自从和你离开北戴河之后，很多话题都从外婆的澎湖湾开始。经历鼓浪屿之波上的风雨浪尖，那个歌谣里的水手真的变成了老船长。时间过去这么多年后，我们再也看不到他紫红色的脸和被海风风干的胸膛。

众生都一样，时间无情掠夺我们的岁月，希望有生之年圆半生梦，居住共有的家园，在相遇的红尘，一眼万年。

生命和季节永远在轮回，爱情里的重生抵挡多年风雨。走在漫长的海岸线，阳光和海浪永不疲惫，携手走向幸福的终点。不远处的房舍和绿荫包围临时的家，在追逐海浪的潮头上那个傍晚，莫名想起了伟人的一句话：

“一万年太久，只争朝夕。”

对于前世和来生，总是质疑，尽管崇尚一眼万年的浪漫，更希望今生相伴到永远。在共同的世界里，无论南海的波涛还是北方的沙滩，我只要一双手牵起的幸福。每日赶海回来后，有一扇窗口闪着明亮的灯光，那个探出身的女子远远挥着手，屋檐下慢慢飘出饭香。这一切远胜于来生的许诺，在简单的烟火里，真实地拥有。

想起秋天的海，昨日的回忆少了分离的沉重，多了重逢的期待。那年秋天冰凉的海水伤过你的肌肤，也被一块暗藏在礁石上锋利的贝壳划伤过柔软的脚心。海风卷起的长发遮挡满脸的痛苦，惊呼的疼引来搀扶的轻呵。那样的季节，为了趟过沧海红尘，不远万里的随行不仅仅是感动，在对视的呵怜和牵手的瞬间，才感觉到隐匿在心底的爱恋从手心清晰的传递过来。那一握，从此不再放开。

搀扶失重的身体，近乎用拥走的状态回到路边打车。身后的海浪发出一阵阵窃笑，一抹鲜红的血迹融在海里，也在鞋子上洇成一朵桃花。取笑的话直到回住处才说出口。原来，惊呼的声调错以为脚伤得很深，原来是破了皮肤加上海水的腌痛导致。看着那条细小的伤口，用白酒消毒后贴上创可贴，你竟然狡黠地笑了。

一脸茫然地看着你，调侃的话从你嘴边响起：“怎么了，扶我这段路感觉委屈？还是希望我的脚再伤的重点儿？”

“不不不”，在你追问的不满中我惊慌失措，把今天所有导致受伤的事情一手承担下来。“是我不对，就不该让你下海，对不对，否则也不会有这样的后果，对吧！”

“态度还好，明天罚你背着我去海边。”

我一屁股坐在地板上，你却得意地笑了。

这段记忆深刻留在脑海，以至于后来再去海边的时候，我们远离了海水中暗藏的礁石。也许生活也是这样，风平浪静的表面总会有暗潮汹涌，更有未知的艰险在暗处。避开那些尔虞我诈的争斗和套路，也就避开了很多伤害。

两日后，一起走在鸽子窝，你的脚已不再疼痛。也许海水本身就具备杀菌的作用，在《桥隆飙》的那本小说里，我看到过主人公中枪后跳进海里用海水清洁伤口的勇敢。有人说伤口上撒盐痛不可当，然而，经历生死疼痛之后，复原的不仅是伤口，还有意志和灵魂。当你站在海边远眺南方的地平线，那一刻安静的如同塑像，只有风吹动你的长发，飘着那身蓝色的外套。

在属于彼此的记忆中，海成了一生的向往。这些年来南北两地，围绕的话题便是关于休假时去哪个地方看海，甚至把安居的地方圈定在这片蓝色的水域。那是适合我们终老的地方，每个黄昏下，唱着童年的歌谣，慢慢走向夕阳。

转眼又是十月，当年的那首歌和别人调侃的一句话一语成谶，在苦难成就的幸福里，曾经的痛是真正彻悟后的感谢。我们还有无数个十月在未来的路上，不是吗？从春的伊始到秋的斑斓，长情才是真正的陪伴。人生就是这样充满了戏剧性。生命没有终结，海誓山盟还在，只是有些人的缘分早已尽了。世界这么大，总有一些事让我们真正懂得什么是珍惜，总有一些人教会我们如何去爱。我相信爱和年龄无关，它从我们生下来开始就相伴漫长的人生。没有界限，没有时间、地域的禁锢。我们都是海的儿女，半生漫无目的的追寻苍老了容颜，却会在那片海岸线上，迎接红日，送走夕阳。

第四卷

你是今生唯一的例外

江湖凶险，红尘浩荡，
命运虽然让人啼笑皆非，
但愿这份例外延续天荒地老的情深。

第一章：你是今生唯一的例外

曾经的执着成为别人的负担，某些退缩和欺骗的谎言倒也说得振振有词。但是，经过伤害之后，每颗心都会成熟。把自己封藏在红尘喧嚣之外，却不知道多年之后，你成为生命中唯一的例外。

下雨的时候，我还在路上走着，亭内游人的眼里多了雨季的空蒙。刚到燕北的晚上，心和距离还有一段屏障，在北方的雪地打听你的故事，却醉了异乡人。三分夏色在九天云外，忽来的雨打乱此时走来的影子。灯光开始摇晃，吟香的诗散出了久远的韵味。隔夜的陌城看不到月色流转，地球的引力成了相遇的魔具。谁能在心底吻合少年梦，把走失的你拉回眼前。

那些年，你说你来江南，希望用来生去换取塞北。但是，我很无情地拒绝这样的许诺，只要今生不要来世。你笑了，明知道有些话是给幸福的理由，却逃不掉被情感束缚的于心不忍。顺应梦里多年的期待，我在一个夏天走进江南。

这一年的六月，浙中的雨丝毫不减，久别的记忆是一堵城墙，你却是城墙上招展的旗帜。那样憧憬时，想到你的裙角飞扬，一起在西溪看不知名的花。溪水就那般流过，虽然熟悉很久，多少年不见也未必造成相见的陌生。

坊间的茅屋，闪烁的流萤构成梦里的图腾。红色的木门和石头砌起的墙权作后来的围城，红纸剪成的窗花遮掩黑夜的秘密。清晨的阳光照亮沧桑的等待，往事和记忆是白色信纸上虚构的故事。倾盆的雨淋湿门楣上的楹联。

雨落江南三千里，雪压燕云十六州。红灯笼在水面倒影，颊上一抹飞红在门前的竹椅子上停留。从溯流的时光里，你才是余生渴望的圆满……

南方的天空在雨后总是很蓝，透过时光的眼，天空净得无垢而澄澈，如生命的透明。六月初到的傍晚，几丝落雨如飞花簌簌，丁香败了，馨香却留在心底。古巷中凝眸，却不知那时的人心为谁属。春去春又回，季节流转之后，人还在，青春已老。拥你长情相伴，多年的孤单从此不再。

那一年，携着心的缱绻趟过江南一弯溪水，濯洗一路烟尘，岸边坠下的柳絮如晴雪的妩媚。走在时光的幽径，白色的花从春天飞到初夏，竟然迷了双眼。雨在下，久违的感动在今天重新酝酿，这种相遇没有因为时间倦心。和你说长亭古道外行走的艰辛，也说起那弘一法师碑上的故事，青春的错失引得长久沉默。次日，江南的雨和你乘坐的航班一起落地，五月春雷惊醒黑夜的沉寂。

原来，我们都改变不了时间的长短和春夏的交替，重逢的时候，端起洗尘的酒一饮而尽。春风和煦，执着与坚定还是骨子里同生的默契，柔情漫过午夜，七分清醒三分糊涂。秉烛夜谈，对于过去的往事，宠辱不惊。

那天你说："你是难以割舍的亲人。"江南之行偶然的相遇，成就彼此共同的今生。这些年来，人间风雨你走得太多，如果远离红尘所有的纷杂，会不会彼此都不受伤？

其实，谁不是在受伤中长大。但是，只要活着，有些伤害又无法规避。心境的从容是幸福的底气，岁月的浪漫还能给夜晚添暖。滚滚红尘几重烟，生活还在继续，你的原乡我的故乡，记忆的影子驱赶等待的寂寞，那一池清莲可撑起夏的三分清凉，在入梦时半抱香。

光阴中，总有见与不见的理由，爱与不爱的借口。千里相思地再也没有离弃的城，一句“问君能有几多愁”惊走莲荷下游走的鱼。站在池边，你望着湖面荡起的涟漪，目光流露的情趣还带着几分天真的笑容。那一切都斟进回忆的酒杯，辽阔的天空下，只留下情意绵绵的相聚。

记忆的沉重被岁月驮着，轻柔的风穿过画廊门楣。一晃多年过去，对于我来说，你就是今生唯一的例外。越过万重山水，今夜，月光照亮帘拢，走进你内心缺失的部分，填充明天的希望和圆满。

谁也不能留住每一刻的美好，比如青春和容颜。连日暴雨之后，城市被洗得干干净净，从记忆里迂回，我们都会看到心灵深处生活中歪歪扭扭的自己。锈迹斑斑的往事贴在心墙，一双手撕去伪装的笑容。从那时起谨记：“找一个对的人，说一句温情的话。”

江湖凶险，红尘浩荡，命运虽然让人啼笑皆非，但愿这份例外延续天荒地老的情深。不谈旧誓，慎言许诺，生命的伤痕被时间愈合之后，目光延伸的地方：叫江南……

第二章：流水般的日子

岁月如流，从前听这些话的时候总是有点煽情的感觉，如果说青春是一条湍急的小溪，而中年之后就是平缓流淌的河水。即使在雨后，奔腾而下的溪水冲击安静的湖面，也只是荡起一片浪花而已。平静的水面下，暗流依旧汹涌，晃动的夏荷以及自由自在的鱼儿在水面上打个晃之后，依然各自恢复原来的模样。雨落在每个角落，就在那天，我走进这个不知名的小湖。

说是湖，不如说是浅水潭，两边不高的山丘倒映在水面，荷还没有开花，水葫芦蓝色的花铺满整个湖面。山上有各色茶花，褪色的回廊依靠一株株紫藤维持六月的存在。我不知道它在这里存在了多少年，走进湖岸深处，几百年的香樟和松柏生机盎然，倒也看不出被人冷落的萧索。

进入园中，看见一副题字——《茶花园》。想来这园子便是以茶花著称了。远处十八学士塔有七层，隐喻七级浮屠之意。通向那座塔的前面有座高高的石拱桥，浑浊的溪水从山丘上流下，是雨季才有的景象，想象不到枯水季节这座桥下干涸的河床又是如何。也许，通往湖面的溪流会偃旗息鼓，桥下深凹的地方被些许杂草疯狂地占领。对于陌生的城市来说，多雨的江南，就是在雨后和友人一起走在淅沥的雨中，开始生活在八百年前李清照滞留过的金华。

对于金华来说，最初知道的是李清照那首《蝶恋花》，“入夜金华闻雨泣，南渡仓皇，魂梦长江隔。”我在想那个滂沱的雨夜，被誉为千古才女的她在国破家亡后南渡的仓皇。或许，每个失去家国的人都有相同的心境，在飘零的未知中写下惆怅的词句。

从十八学士桥下来，夹竹桃鲜艳无比，瓣上的雨珠摇摇欲坠。从四月末离开闲居几年的故乡，路上不知怎得就想起她那首诗词。其实眼前的一切和心情真的无关，脱离某些束缚把自己交给未来，渐渐习惯这里的连日阴雨。一直相信夏的暖和春的温和息息相关，但是在潮湿的空气中，这年的六月蔷薇绽放，雨若珠帘。在雨中编织一帘幽梦，很久的往事突然失忆。这年的六月，温暖开始回归，突破二月阻隔的寒。

过去不值得回忆，接踵而至的冬江南也不会太冷。走在园中蜿蜒的路上，心中不由地温暖起来，甚至会在枝头的几束夹竹桃花上想象落雪的影子。也许只有那样，内心提前预知某个寒冷的季节才会到来，不至于在雪落江南的时候措手不及。

温暖和寒冷总是相伴，雨中六月依然有点湿冷。想起那年的你，时光埋下的伏笔写下相遇的缘分。从何时起，岁月转角处你姗姗走来，酝酿一生的笑意便如山溪的奔流突破内心的防线。在不能言说的过往里，充满希望的夏天渐渐滋生葳蕤的情愫，一场相逢的忘情真的会终结流浪的心。情深的呼唤，黯然的回眸，让每一次倔强在你面前都低下骄傲的头颅，收起曾经的锋芒。雨的印记打湿眼神，你从故乡湖面追逐的目光晕开烟雨蒙蒙的画面，把一些小心思留在小巷的转角处，给我孤单的背影。

其实，我也在预约初夏的一米阳光，从潮湿的空气中感受温暖和热烈，在相约的春风里吹开六月的花红柳绿。初夏的门楣，你半倚的肩上落下几朵花瓣，或者就在刚才那座石拱桥上，视频里快乐的笑脸追逐流光的脚步，安暖相伴。

绕着湖面走了半圈，山静，人稀。轻轻走进夏天，走进茶花园，有风，吹向北方。这个季节，草长莺飞的江南唯独缺了你，岁月的芳草岸渐生缱绻。这样的季节只有朋友相伴，如果此时你在，彼此笑闹也能感染安静的心，用清丽和明媚点缀唇边的嫣然。掬水，听风，回眸一笑，时间依然定格在那年的三月。如约而来的梦旖旎一季花开，香暖的底色镌印在眉眼处，一颗红豆的相思灿若夏花。流年中，早已写下层次分明的心迹。余生，携你走过万千山水。

漂泊的旅程有挥之不去的牵绊，流水冲刷往事的记忆，却留下今天妙曼风景。总有一份温暖感动余生，这一抹馨香散发在落落红尘，在平仄的诗句中，五月梦排列成不能割舍的情愫，将你的深情天衣无缝地写进流水的旋律。

倘若再次告别江南，指尖触摸过的暖，是不是还有无法抗拒的怀念。

走出园子，回头再看一眼身后，那条小溪飞泻而下，随思念落地生根。时间匆匆而过，人生有去无回，谁的惊鸿一瞥乱了红尘心？远望湖面，徐徐清风挑起眼前的一场花雨，一池莲荷渲染江山如画。不是每一个梦都遥不可及，流水般的日子，守一份安然，忘一路艰辛。所幸的是：今生，有你！

第三章：半夏之约

连绵的雨季突然过去，夏天就真的来了，想起这年的半夏之交，未能践约的诺言已不用任何借口。但还是喜欢“半夏”这个词，带着春的韵味，夏的热烈，治愈骨子里残留的寒。

我知道，多年前的夏天早已远去，只有故乡莲塘的荷风姿绰约。立春之后，三月的桃花岛上传去几张照片，鲜艳的色彩瞬间就招了你的眼。当时，北方雪未消，南方桃花开。在从雁北回归的路上，未曾忘掉荒野的苍茫和行走的孤独。春风也误过花期，离乡时把春暖积攒，等一个半夏后姹紫嫣红。那些年，总是习惯把故乡揣在胸口，一个月牙形的花瓣刻意剪成想要的模样。说不清什么理由，那是童年许诺的未来，半弯月下用那片粉红迎着月光透视它的色彩，窥视你的脸庞。后来，你渐渐习惯把花儿捧在胸口，在水意江南横渡，追逐少年的身影，在重逢时消减羞涩的表情。盛夏没有到来的季节，双手的温度侵入彼此的手心。从江南到雁北，笑容聚拢眼角的鱼尾纹，蓦然发现，我们的青春都已被时间摧残。

春花褪了，也褪了尘相的薄凉，期待明年的三月重回一次桃花岛。悬着灯笼的渡口，我们坐在船头，说起这些年离散的缘由。坐在河边石阶，清缓的河水从脚下流过。这座古镇早已闻名遐迩，相关的风景从每一封书信里飞越千里投递到你的手中。拱桥上用一把伞遮面，却看不到你齿白唇红的娇羞。后来，你说这个夏天去江南，看红蜻蜓在荷叶上打尖，坐水乡特有的乌篷船。我没有反对这样的愿望，期待半夏之约在多年后成真，还你一个烟雨蒙蒙。

梦想与现实交错在六月，半靠在肩头的眼神无半点落寞，快乐放逐流水，少了当年的青葱和懵懂。不谙世事的少年情怀被流水带走，只有回忆在此地款款生情，素年锦时，还我的桃之夭夭，兑现这场隔世诺言。

越长大越孤单，孤单的青春走了，今天的你还有一颗长不大的心。红色花瓣上用针尖刺下名字，一张桃花笺留下笔尖的硬度，把有关的一切深深烙在心上。此时再去翻阅记忆，一定可以触摸到青春的光阴，在团聚时诉说思念的温度。

这年夏天，梅熟雨中黄。芒种之后，就是端午了。这些年一直很少陪伴左右，些许亲情慢慢疏远。如果距离的遥远当作违约的借口，这年的六月还会继续保留那份遗憾。在牵手或回首间，夏天的色彩已经涂抹在彼此的眼眸里，满满的绿叶是挂满一树的时光。你若不来，岁月不老。在江南小镇泊舟，跨过少年的石桥，白墙围起的院落站着熟悉的亲人，月光照进杯子，故乡的一溪水，还有旧时婉约。

等来年，一定带你去桃花岛，找寻一地翠绿沾满行走的快乐。夕阳下的风吹皱过河面，你从桃林深处走来。一万年红尘，三千里地江南，半夏的时光供养多年的恩情。这片土地滋养你的风情万种，长短句写不出来生缘，只是有些梦想从黑夜透出无形的杀伤力，刺痛等候的心。被目光绊倒的相遇停留在臂弯，眉心浅浅的印痕留下经年情蛊。韶华依旧，眼前的六月不再是含苦的风雨，几只粽子摆在白盘，是时令里最好的场景。这样的季节，仿佛看到举案齐眉的笑颜挂上眉梢，少了这些年的沧桑痴苦。

没有牵挂的煎熬，便将你放进传统的节日，一起度过人间烟火。这里的院落和记忆的样子吻合，只是锈迹斑斑的门环被来去的人磨的铮亮。那些年的北方，一个人走过春夏秋冬，用积攒的杏核细数过往的日子。隔岸流年写一个人清欢，灯火阑珊后，那双眼睛在黑夜里闪烁如星子，等待一个端午的来临。

安静的你，走过小桥，趟过溪水，我在你来的路上迎候，青砖黛瓦的围墙内，初五的月如眉弯。这一年的相聚是你久已许下的愿，几盘简单的素菜便是口中的佳肴，品尝从少年到中年的快乐，等待熬成白首偕老的皱纹，隐藏多少酸甜苦辣。

牵你的左手温暖右手，对着半夏月重复昨夜的对白。时光匆匆，徜徉在流水的光阴，太多豪言壮语被时间抹去。七月天光下，我们都不用再去苦苦寻找那年的足印。

原来，善良是最大的福报。无论生活有多少无情，我们都因为善良而得到自己的幸福。

第四章：当你老了

“当你老了，头发白了，睡意昏沉……”听到这首歌的时候，时间已过去很久，只是相遇不迟。

浩瀚的红尘中，每个人都有一个孤独的灵魂，从这时开始，才知道有些事情不是想象的那么简单。当我以智者的语气指点江山，却不知道自己的家国在远方。青春、岁月，几十年的梦有你陪伴。这样的梦被时光清洗之后，今天的你一如既往。

雨的号啕未必是错误的检讨，那是多年后相逢的喜泣，被消磨的青春只留下今天的讪笑。相逢应不识的梦里尘霜满面，只有在走来的对视中回忆从前。眼泪挤在眼角，叠起的皱纹隐藏一生等待。风不请自来，雨潇潇落下，天凉好个秋的话再也说不出口。粲然一笑间，自然牵起的手，带着温暖，驱除相见时内心的羞涩。

这些年来，一直在异乡行走，来来去去的风雨一人承担。你在远处看我，未曾说过的心疼被距离阻挡。几十年不曾共有的日子都是遗恨，从回来的那天起，散失的青春染了清霜，许下择一城终老的愿。

岁月总带着无辜的表情擦肩而过，南朝四百八十寺的烟雨也是后来说起的话题。来的时候长发还在，从前留在海边的背影依旧风姿绰约。当相见的目光碰撞，这些年不曾谋面的表情触发动情的泪点，思念的心骨垫上生活的蒲草，在昨日端午的氛围里包扎起节日的氛围。十指晃动，捆绑岁月的点滴，指间缠绕着沉默是难以寄托的情愫。肝肠寸断的思念抓在柔软的手掌，熬煮多年漫长的等待。几十年时光匆匆，进入口腹的味道从眉眼里散发，这个端午溢出的笑声传递很远。记忆一旦嵌入心底就有了怜爱的架构，只是今天的标题被写下之后，后来的情节被你书写。

相识的意外浑浑噩噩，相知的故事慢慢隐进琐碎的生活。隔水相望的季节是整整一个天涯，寂寞从春天开始被打入了冷宫。无论多远，我们总是捕捉到每一次心的波动，只是难熬的相思如煮不烂的苇叶包裹内心的纯洁。后来的日子，爱势如破竹，些许的不开心都败给了盈盈一笑，连时间都变得无可奈何。

每个人都会老，只是我们老的正当年。总是不许说“我已经老了”这句话，用命令的语气阻止我的感叹。在两个人的世界里，无话不说的随意是相容的爱怜，温情抚平眼角的皱纹，飘起的长发飘曳岁月的风情。原来，这些年，生活的一切都藏在你的皱纹里，让这份爱白发相从。

很多人穷尽一生寻找另一半，从少年到白首也无法如愿。幸运的是，时光没有负我，在不惑之年，我们找回了自己的家。春夏之交，今年的雨特别多，以至于遥望的途中被雨模糊了视线。这样也好，彼此还能保留最初的印象，走近的身影带着青春的娉婷，那些被镇守的疆域三千里外也保留彼此内心的完整。缘分还予天定的宿命，多少遗憾都不再重提。

当你老了，已错过风花雪月的少年，却不愿再错过余生。走过秦淮，漫步苏堤，时间终于和你握手言和。在侧身的背影追逐少年的故事，惊艳的时光犹在眼前。歌声点亮记忆的灯盏，橘红色的光透过雨帘，透过心跳的重逢。在不老的沧桑之外想你当年模样，星月褪色，光影憧憧，低吟的“童年”开始鲜活，拥抱记忆里美好的青春。此时，心境和梦吻合，愿望织成的网，网住红尘，将未来编进行程。这一年的夏，湖水漫过清凉的避暑胜地，太阳照在湖心岛上，远方的净土依旧春光灿烂。江南烟雨，不再凌乱后来的张望。

每一份友情都需要拿捏准确，而这份感情更需要珍惜。当你看清这个世界还能眉目澄澈，就是禅。六月，我分明听到远方的召唤，看见北方走来的身影。明天，即将告别这快乐的假期，拖着这样的不舍，迷离在有你的梦中。今生共度的日子是千年传世的描摹，在情深义重的春天细数光阴。从暮色来临到东方露白，我已听到你胸膛内的战鼓雷鸣。阳光升起的时候，一声长叹突破命运的十面埋伏，把江南划成最后的领地，重新回到当年的一切。

缘分的痣依旧鲜红，一粒垂暮的朱砂带着涅槃的色泽在眉心醒目。你在或者不在，今生写下的篇章都由你来录入。走过夏天，不再隔水相望，岁月的留白慢慢着色。湖面倒映灯影的温馨，七月的江湖纵横万里，当我们老了，生命的典故中还有你我的故事在传说。

第五章：藏装

看到传回的照片后，文字写地太长，却感觉到两地的距离在慢慢缩短。

相聚的短暂是人生无可避免地无奈，但比某种情谊的断绝，要好得多。

几年前，你总是说想去西藏，去纳木错湖，去布达拉宫。如果那时的离别只是回忆后的红尘笙箫，六月落红已经保留春的踪迹。分不清的夏，忘不了的冬，一半谢去的花红又谢在明年。烟雨迷离的浙中多了夏花的婆娑，白色夹竹桃恣意开着，即使有毒，也是那天最好的风景。

岁月无声掠过六月，季节越发丰盈，绿意被雨渐浓，西藏，这个季节一定才是春的尾声吧。希望你深幽的背影和雪山融在一起，却怕你的脸是瘦去的三月，慢慢在等待中憔悴。周日游园有点意犹未尽，回到公寓点开一首歌，《在水一方》的旋律回荡在小小的空间，柔滑的像憔悴的等待。有你的今生，缱绻的不仅是梦想的翅膀。茶园蜜蜂停歇在花瓣的刹那，才发现它折了翅膀，萎靡在无人问津的草地。雨还在下，扑腾了几次之后，匍匐在浊水横流的地面。

那天，我一直在看着眼前无人关注的细节，这是自然界无法抗拒的现象，有些动物的生命脆弱得不堪一击。其实人也这样，有强大就有脆弱，看着不知名的花，雨前的明媚被雨水冲淡，夹竹桃无香有毒，浮动的声影将前生引入轮回之地，风从东方来，吹散久日的乌云。

说起多年前漂泊的路，你的哭声在昨夜响起，江南的伞撑不起暮年的天空。你不来，我已经老了，一瓣花留下的雨珠打落残香的余味，只能在一身藏装里散发回忆的气息。季节没有想象中的漫长，在你的盟誓中活过半生，明年的重逢一定少了落雪的寒。西湖新荷，石阶，乌镇木船，窗台边的摇椅更胜过童年秋千，过去的风景不再苍凉。沿着湖边散步，牵着的左手保留今天的温暖。那年雪山巍峨，这年的风温柔，六月天光延迟落日夕阳，在那些照片里，我还能闻到冬日的梅香在袖口散发的味道。只是不得不说：这年的冬天，我往南，走进繁花的喧嚣，你在北，驱散塞北的清冷。

每一次重逢都是离别的开始，不同的终点和相同的起点相差一个季节。梦里一双手捧起你的脸，满眼的疲惫带着满心的欢喜。“你瘦了。”这句话说起的时候，心疼被泪水冲刷。六月说起的约定，再一次放在多年后的西藏。

此时，夜色走进屋内，打开电脑，常常哼起的歌声被循环播放。当你老了，昨夜的笙歌破了东风，也吹开江南的十里荷塘。还是喜欢这样的绿，带着纯净的盎然锁住夏天，锁住相恋的心。今夜，月色和你在的时候没有不同，只是瘦了的月色与那时相比时缺了圆。共老红尘，在苦寒之地掘三尺荷塘找回少年的无邪，几分明月，几分情定。

记得三毛的《梦里花落知多少》，也想起《在水一方》里的故事情节和你一起走进青春的岁月。时光匆匆，容许我这些年独步天涯，也纵容分离的痛从眼眶流出。在今夜的静谧中，不问卷帘人海棠依旧，却在乎一夜雨声叮咚成千千阙歌，穿着纱裙走进微雨日暮。你避开尘世所有的喧嚣，却独对我敞开心扉。

一个人的路上你如约而至，才懂得一句话不愧是经典：“尽管等的很苦，你却从不辜负！”只是，在太多的伤害面前，与世隔绝成了最后的自卫方式，更不能在回忆面前若无其事。

入夏的雨肆无忌惮，隔帘之外也令人怦然心动，思念时不说理由，离别后不怨命运。尽管当年的一滴泪撞翻坚强的告别，今夜的月光，已经占有良辰。眉如新月，青春的你渡过红尘苦岸，唇边半失的微笑被捡起一生傲骨。当一朵花紧贴枝头，雨水吻去的鲜艳是爱的语言，秋虫春梦在烟云里渺渺，你的背影矜持低头的温柔。我想起仓央嘉措那一年那一世轮回的悲苦，转动的经筒也不为超度，只为与你相见。

长磕山路，一个回眸，你懂，我懂……

生命不过是一副皮囊，像你挂在记忆里的嫁衣，随着时间慢慢褪色。少年的秋千少了佳人笑，人前的伪装只是生活的面具。繁华是云烟，独一的风景才是永恒的仰望。多年相伴，诗情画意洇染了太多的芬芳，只用内心的善良唤醒旧时梦想。

生命中不可缺的画面留在过往，时光斑驳了旧时容颜，悲欢离合也腐蚀秋千的坐板。只是童年的草地还在，没有雨季的粘滑，也没有路上暗藏的沙砾。陪你走回简单的日子，桂花树下的优雅被时光的绳索荡起往日笑声，一首轻离别驻足在月色里，熏香的桂花落在青丝。抿唇的笑意和融化的雪水汇集，站在避风的路口，去迎接夏日雨季浑浊的汹涌。

欣慰的是，我们不再做青春年月那些毫无结果的傻事，为一个倔强的自尊从反方向行走。在缘分的版图上，画一条线路，跟我走！

第六章：在时光里陪你到老

历史的帷幕一旦拉开，记忆随着一丝光亮莅临黑暗的角落，四月锁在墙角，夏天神采飞扬。多雨的江南，故乡荷花如你的笑脸在水面盛开，走过这个六月，在时光里陪你到老！

曾经无法安放的青春搁置在逝去的岁月，只能在回忆时寻找那年的蛛丝马迹。七月的风裹着热浪扑面而来，多雨的江南，飘过的乌云不再笼罩心中的忧伤。从离开故乡那天起，来来回回的路虽然还是孤单的脚印，而身后一双目光从岁月的转角处直视的时候，我知道，无论走遍天涯海角，今生不再仓皇。

遥远的，走远的都是往事，甚至当年的奋不顾身都成了笑话。当夏日的风把一切都带走，阳光注入了温暖的活力。走在小巷，时间记载着悲欢离合，七月的荷已成为今朝最好的仰望。这年的夏天，你在北方听着远方雨打荷叶的声音，摊开手掌捧起今夜的晶莹。屋檐下的雨声提醒季节深处属于你的开始，手机传去的照片定格共有的一幅画，把快乐装进你的目光。

五月，南风掠过浙中，多雨的山区令异乡孤旅多了萧条和沉寂。也许，就是缘分的柔指拨弄雨季的脉动，一个直达心缝的喜悦从三月慢慢蔓延。从离开故乡那天起，忐忑的情绪颠倒昼夜，垂首不语的表情却从眼眸中倾诉离别的坦然。容颜不似当年，幸福被相遇问取之后，懂得失去才有更好的得到。生命本无状，人心也多变，尽管说起被人伤害的时候风轻云淡，却感谢那份伤害会让人学会如何去爱。生活的磨难会打造另一个你，将搁置于角落的回忆彻底清除之后，也原谅那些装作无辜的颠倒黑白。

能吃好睡好，才是心安理得。

北方纵横交错的荷塘，每一枝荷都不会有世间欲望的攀比，从简单的生活找到幸福的入口，毫无做作的真实充满人间烟火味。手心的雨滴流进你的血脉，用行动和温情抚慰一个受伤的灵魂，滑过唇角的话语带着禅的力量，让我懂得什么是宽容，为那些不值得的人去生气，就是愚蠢。

沧桑的背影留给尘间山水，茅塞顿开后，心倒也变得晴朗。这些年来一直把异乡走成故乡，最终还是把自己留在适合的港湾。生命装在你的心瓶，干涸很久的岁月不再苍凉。六月，山色空蒙，雨后的红尘带着一米阳光横在眼前。这一季的彻悟是佛的点化，让我走出黄土飞扬的荒野空城。

刚到金华的夜晚，倾盆大雨倾城，青山幽暗，窗前留下的遥望成为夜色的剪影。春天开场时，寒冬的潮湿丢在身后，五月天光撩开乌云的阴暗，重新在红尘中找一个安身之处，江南春色勾勒你眉间青黛。水生了泽意，荷开出尖尖角，红蜻蜓扇动久违的笑意，错失的昨天与今天同值。不再躲在人群背后小心窥视与你有关的人，相信命运的公正，即使在迎风临寒的正月，目送的眼神也不会因为北风咆哮而移动视线。半年后的今天，我们从时光之外走进这片湖，雨季丰盈你万顷轻烟。

走过湖心的木桥，荷花染了带灼的粉意，水在脚下，翻覆世间注定的宿命。站在湖边，绰约的背影任风拂过，感悟远山近水间的不离不变。冬天的戏码不在春的涟漪之上，枯水季的淤泥腐烂折服的水草，在这场雨中滋养满池的荷花。

七月来了，天空换了亮丽的晨妆，身在江南，不由想起古人描绘西湖的诗："浓妆淡抹总相宜"。人生亦如此，面具上带妆地演绎终究是一场戏子的啼笑，人一旦懂得善恶的含义，才知道生活里有些人和自己无关。年轻只是青春的资本，而生活最终归复于平静。我们都是忘川河里的一条鱼，误入缘分的瓶子，在缺氧的空间寻找幸福的空气。

谁都不会忘记，陪你白首偕老的那张脸，也曾年轻过。

当年，与你只是隔着一个春天的距离。五月刚到，已经开始向往下一个季节。不再与时光捉迷藏，把彼此当作互相阅读的书籍。梦的秋千摇晃未圆的梦，雕花窗将风雨关在两个人的世界之外，错过的快乐扑进夏的怀抱，敲打键盘的手指索冀余生共享的光阴。

时光有你共度，分离也是幸福，文字敲碎思念的壳，栈桥处独立的身影走进心底。无需用梦境组合最初的想象，今夜，只需你轻呼熟悉的名字，那支重逢的烛光，就被轻轻点燃。

第七章：你的岁月，沾满柔情

其实，生活对于每个人来说都是艰难的，说白了是平淡，说深了是无奈。但是岁月如水和岁月如歌在乎每个人自己去体会，我可以赌书泼茶，你可以红袖添香，这样的日月又怎能两两相忘。在残碎的倔强里对他人的慢待付之一笑，年轻时的某些禁忌都成为今天的宽容，把柔软摊在你的掌心，我也没敢奢望你拱手让出一个明天。当你失足跌在夏天的岛上，守望的心也摔成八瓣，那一刻我就败了，败给了四月强自硬拉来的春愁和你无限的疼痛。飘起的轻烟留在守候的窗外，香肩锁骨留下相思泪，一朵花开在江岸，淋着子夜酣畅的雨，那时，我和整个世界不说晚安。

爱的花瓣在子夜慢慢收拢，包藏一世爱恋。生长在命里的枝丫纵横在心灵深处，我见犹怜的词在心中吟哦，才知道有一种爱让江山失色，倾城颠覆。命运和生活对峙宿命的嘲笑，所谓简单却被岁月的薄凉暗增复杂的因素。今夜，属于你的柔情和朴实像草尖上的露珠被半月照亮，远方的相思和独行的黑夜结伴，千里之遥一夜抵达。

当你看到我黎明出现的身影，惊讶中的感动，泪流满面。情绪往往都被爱的人左右，鼻尖碰到彼此的温柔，用无怨无悔来诠释相约的秋。多年来，苦难被季节慢慢积累，有人相濡以沫，有的成了路人。世间，爱恨情仇都如此，相依的爱是一种冰与火的提炼，是爱与恨的交缠。历史和现实总有惊人的相似，我们都相信善恶之间的报应迟早会来，只希望在后来的岁月看清某些人和事，珍惜属于我们的现在。相信时间会还给每个人公道，在陌生的无视中彻底忘记从前。

怕只怕，很多事在眼泪里明白，一切都迟了。

抛开旧事，去年的冰寒被七月融化，抖落一身烟尘重新找到自己的归宿，感受生命中真正的温暖。笔尖写下的柔情和从前没有半点关系，一支蒲公英在开满荷花的梦里飞翔。陪伴的日子，播放一首你喜欢的歌，动人的声音属于月光流淌的音符，轻柔的旋律在彼此的世界无声传递。那是只有我们能听懂的夜曲，就像鱼儿遇到了水。无数个风雨兼程，才找到今生回家的路，凌晨的鸟唱响晨光曲，霞光满地诗意万千。回眸时，你忘记了伤痛，依旧风情万种。

春的歌，夏的花，秋的美，雪的白，四季韵味与你重新体会，慢慢醉在这个世界。恩爱伴着久违的温暖，错了几年光景，隔着无数冷暖。过去的一声轻叹撞击黑夜的灯盏，眼角纵横的纹路与疼爱相挨，你还记得我们的青春，用少有的娇羞恢复少年情怀。十五的晚上，红烛和夜色摇曳，六月的风刮起帘帷，你的乡音迎上久违的脸。此时，温宠的目光轻阖，对视时如青梅可嗅的模样。那样的情景，出现在同窗共剪西窗烛的月圆之夜，让多年的离愁跌进桃花三尺温柔乡。

一声轻呼，唤回走失的光阴，也忘了曾经冷漠的仓皇。认取夏天漫长的日子，长长的街道被雨打湿，剥落世俗的不堪。你的背影不再是荒漠中遗留的路标，从江南走到江心岛，痊愈的不仅是你腿上的伤，还有心中这些年等待的苦楚。尽管风烛残年迟早会来，如果有人相伴，怎会有孤单的荒凉。

长恨晓风残月，肩瘦如削，你独有的昵称是专属的名词。西湖是留恋的故地，梁溪河上，那些等待终于在搁浅后靠岸。独木舟与时光同在，波光荡去内心多年的桎梏，也避开倾盆雨下的流俗。在十五的夜晚找回失约的往事，只求今生不再随波逐流，暗箭般的流言无须理会，夜深人静的时候，爱恨嗔怨化为云烟。当我们在红尘纵身一跳，一池荷，一身素衣，几盘素菜果腹，是相伴时的清雅淡然。

时间染白头发，柔情沾满未来春秋，不用怀疑这是梦中的错觉，这些都是真实的依靠。岁月薄了薄情人，你的爱却温暖余生。守望的背影和今夜的梦合二为一，对于薄凉的无情从此远离。

有的人，错过又如何？谁都不会有隔世的重逢。拥有的爱恋从唇边滑过，留下粉红色的回忆。七夕滋生的情愫修成正果，悸动的心执念一往情深。烛火照亮三千弱水，为你，愿意退去红尘的念，在水之湄化为静亭的莲花，跨过北方那条江回到江南，荷香醉着夏日的午夜，把后来的日子走成每一个七夕。

第八章：红尘的网

昨夜，看着身边熟睡的梦，我闻不到风的气息，却听到雨的声音。

含着烟，你就化了，风，成了过客，梦敲响午夜的钟声。花纹斑斓的蜘蛛爬过窗台，蚊子在纱窗外嗡嗡地叫着。蜘蛛空织了一张网在不易察觉的角落，却猎杀不到任何猎物。

很长时间，我盯着那张网，恨不得用目光在上面砸个洞，也许这是无聊的心态，有了青春时那股热情和狂野。成人的世界自从多了异性之后，我们不仅失去了童真，还把缘分的泪化成雨。多少人如飞蛾扑火自投罗网，可惜，那时的我们没有一扇阻隔蚊虫的纱窗。八千里路云和月的来来去去，也没有取到红尘的真经。

世界和时间总以为是分割的，被愚弄的人怨不得自己智商的弱下，静思其过，才懂得有些爱情的誓言就是一个骗子对一个傻子说的趣话。这时，身体是安静的，思绪却在驰骋，每一个轮回中，我们都会遇到一些诱惑自己的诺言。从灵魂深处抠出相思的核，种在自己改良后的精神土壤，对着简单的生活，素净的脸，丢下昨天最后一缕不甘。

夏夜薄凉，身边的人轻轻哼了一声，转身又熟睡，细细的鱼尾纹在侧看的眼角延伸到看不见的眉心。头发少了年轻的色泽，也少了某些做作的矜持。从春的深处走到今天，萌生的情愫似夏的葳蕤，走在雨季，追逐少年情怀，闭口不提当年令人伤情的荒唐。女人的胸怀很多时候真的很大，大到因为深爱去原谅所有。也许每个人都听过山盟海誓，但是有多少山盟海誓属于自己？尚不能确定。男人总在追求，追求高空摸不到的浮云，被千变万化的形态迷了眼，误以为云彩投在大地的影子就是绝美的风景，却永远不能拥有。

心中住着魔鬼，有人就变成魔鬼，不仅颠倒是非，还刻意装出楚楚可怜的模样博取一些同情。不由想起聊斋里的《画皮》，人鬼之间的故事到今天依旧有警世的寓意，生活中的情色元素从鬼狐传里脱胎而来。三百年后，漂亮女妖在今天，无论是在屏幕上或是生活中仍然很有市场，人鬼不分的年代很容易摧残爱情，毁灭青春，玷污感情。

当爱一旦放纵，愚蠢的人视妖为美，以忠为妄，以虚为真，到最后苦海无边。

心中住着天使，善举便做平常，从寒冬中走出迷城，放下内心痴妄，原来红尘只是梦一场。理性回归之后，也看清世俗的结局，而那些伤骨的痛犹如皮癣长在隐处，在阴天隐隐生疼。腐蚀过灵魂的情爱是旁观的笑话，某些甜言蜜语就把人收买。爱情的一张网网过众生，到一定程度我们会发现：那张画皮一旦揭下，背后的狰狞会是多么可怕。当代一句流行的话很有道理：“骑着白马的不一定是王子，长着翅膀的也不都是天使，比如蚊子。”

往事装进时光匣，记忆束之高阁，或者埋葬。经历无数的冷寒之后，夏花开了，心，也慢慢温暖。生活还在继续，人间烟火味里的那勺盐为简单的菜肴定味。爱情也如盐，少了无味，多了齁心，不咸不淡的日子才真实。沧桑之后，渐渐懂得如何在纷乱的红尘中避开谎言袭来的利器，从今天开始，重新走回多年的路，不问是缘是劫。

夏花的绚烂，远不如秋的静美。周末的慵懒来自昨夜梦中的苦思，维持心底一丝原味。清粥，咸菜摆在小小的案头，抬眼看见一双低眉含笑的双眼：长发搭在肩上，遮了半边脸，甚至看不到昨夜舒展的鱼尾纹。佛说："凡所有相，皆是虚妄。"一个人的外表美与丑不是衡量爱与不爱的准则。在飞越千里的梦幻中，我们拥着初心，破开那张尘世的网，面对一季花开。

翘首远望，七月的北方也是盛夏，荷叶上的蜻蜓沾上昨夜的雨露，驿站的黄土再也刮不到烟雨江南。从春天到七夕，思念和盼望一起归来，柳树上的蝉声说着夏天动人的故事。格桑花的嫣红、粉白抻着内心的膨胀，一大片月季肆虐醉人的气息，伴着你温情的样子。渴望一阵风吹走炎热，熟悉的声音从耳边滑过，呢喃梦中的问候。湖边小坐时，岁月驻守内心的清凉，拥抱属于最后的光阴。

剪短离愁外的一丝寂寞，把夏天连绵在十月。小巷的丁香树下，娓娓道来青春里的暗自喜欢，那些曾经让你哭着的往事，在今天终于笑着说起。月亮升起时，看着天空那一抹蓝，眸光点燃黄昏的街道，快乐和岁月一起跌进夏日的夜。你是生命中最后的篇章，把相欠的时光，一起偿还！

第九章：再回丽江，陪你地老天荒

也许，今生注定是行客，饱受岁月中的聚散无情，承受生活中的刀光剑影。少年散失的记忆怎么看都像模糊的梦，短暂的生命中，生死离别与江湖息息相关。时间两岸，那年的丽江缺少跟随的快意，只有孤独的影子倒映在穿城而过的流水中。盛开的彼岸花开在后来的春天，醒目成后来最好的遇见。

对于旅途来说，除了谋生的需求还有一份排解的苦楚。人生并非无情客，离开故乡去闯荡，把飘摇的心寄情山水也是一种慰藉。茫茫天地间，披着风雨一路走过，到今天才发现：红尘中，输赢都是空。赢了又如何？在岁月潮汐中搏浪，谁辜负的倾城一笑成为记忆中难言的伤痛。丽江，古城的火塘边，拍着手鼓的姑娘唱着青春的歌。可惜，那时候，我的青春你不在场。

只是在情感的徘徊中，现实的衡量成了诀别的借口，三月那场桃花劫最终是难以痊愈的暗伤。背负这份隐痛流连在雪山下，一盏酒里的离殇醉了很多年。酒醒后，丽江的足印早已淡忘，那时的风景在眼里都没留下深刻的记忆，只有火塘边的鼓声在耳膜里回荡。

丢掉冰冷的过去，才有温暖的未来。尘缘总是天定，青春的仓促在多年后慢慢沉稳，另一张笑脸流露的怜爱，用白首之愿成就今天。心慢慢回软，重新塑造的灵魂有相依的踏实，你的背影从梦里走进现实，这场重逢终究把错失的伤彻底治愈。那年，原有的模样应对了梦里的等待，你却是洱海边错过的背影。如今，在距离的分野中探出一条路，夏花从碎叶中开出嫣红的春色，把合掌的你从佛前找回，暮鼓晨钟的寺外，用熟识的眼神相认今生……

从瘦尽的繁华中脱身，多年前旧事在说起的时候总被目光制止。也许，对于往事来说，逝去的只是心中一个结。爱情的世界每个人都有义务和责任和对方坦诚相待，走错的路，做错的事，无须谅解，也不求原谅。不远的将来，我们走在丽江古城，看远山烟岚，静坐在流水的岸边，陪在身边的人才是最后的地老天荒。

原来，“不思量，自难忘”的词属于白首偕老的人，青春的躁动和人心的多变都不能拥有真正的幸福。物欲横流的今天，攀比和虚荣最终会给某些人带来无法想象的后果，当我们走近中年，心中装进的日月河山还是那样美，也把青丝熬成白发。到最后你会发现，走过阳光斑驳的小巷，倚着门框，牵手在心中向往的地方是多么快乐。青春时的激情澎湃总有点镜花水月的味道，而人的灵魂一旦被物欲吞噬，再也找不到心的归属。

再回丽江，生命的饱满来自于现实的相伴。雪山下穿行，草原上漫步，说着多年的洱海边擦肩而过的遗憾，只是那样的遗憾已经是打趣的话题。哼着童年里的歌，简单的烟火在小巷的青瓦上盘旋，一盆肉类植物侍弄时光里的最好。填词作画，掬水听歌，这样的日子里，偶尔回到一起走过的地方，所有的江湖恩怨，再也与我们无关。

对着时空，对着暂时不能抵达的远方，一分笑颜，如山花烂漫，所有的等待写成爱的真经，记录一个雨季中送达的初心。墨色中沾满的思念不因为年龄胆怯，这些年草拟的梦中，你的头发长了又剪，剪了又长，用温情喂养半世缱绻。青春的容颜从活泼到稳重，哪怕有意外的伤刮痛过独守的黑夜，那张脸也没有凝滞过微笑的从容。

不想再做季节的行客，漂泊的日子总有一天会终结。花开花谢，你始终如一株莲的生长。有人说："世间最美的花是莲花和彼岸花，而它们永远是花叶不相见。"当执着打破这个传言，你从北方的苦寒走进江南，在烟水迷离中开出一朵朵美丽的花。露珠透着琉璃的光泽，一枝枝荷叶储备七月的晴暖。

相遇的凭证留在五月，伤痕却是生活的醒言。感情世界中，合适永远排在第一位，如果爱情的隐忍导致最后的疲惫，有些人永远走不到幸福的终点。翻过那页幻象，前尘与往事的续章就此中断，命运的布局中，时光把它远远抛在身后，连童话都和彼无关。

丽江带着岁月的哨音，只等它一声吹响，我们便开始集结。学会不留恋，懂得不对抗，这才是真爱的本质。那天，走在初夏萤火虫的光影里，带着七分宽慰，却把三分快乐留在丽江。记忆略过那些不快，一朵春花开在心头，红彤彤的颜色被血脉供养。夜凉叶落时，个中事绪在烹茶的沉静中沉寂，不会再指责时光的残忍与命运的无常。

人都会重逢，爱总有落处。某个春天，丽江街道上，我们带着爱，修行！

第十章：烟雨千万里

与你有关的东西总是喜欢，包括彼此共有的记忆。如今的你，和健康一样重要，除了这些还有什么能让人有所谓。一张纸片记录的心情夹在书页，更不用说那些用心珍藏的照片。那是岁月留下的痕迹，因为珍贵，所以珍惜。经历这么多年的坎坷，才懂得生命中有一种爱，是自己给自己接受的能力。

很早以前听说："生活中仅仅有爱是不够的，真正的爱和相濡以沫有点距离，和白首偕老有关。青春的浪漫一旦转换成柴米油盐酱醋茶，牵起的手敌过所有的誓言。"

梅雨过后，白天变得漫长，短暂的黑夜也避不开梦的侵扰，听着彼此喜欢的歌入梦，檀香透过了窗的心事。清晨醒来，突然看不到家中那些照片的时候，瞬间的慌张有点失态。岁月记录的不仅是记忆，更是难以复原的珍贵，比如秦皇岛的浪花如雪，江南拱桥上行走的背影。荷开在七月，雪落在冬天，轻盈的身姿从眼前飘过，落在长发上的雪花迅速融化成一滴雨的湿润，顺着发梢滴落……

那是青春时代北方别致的回忆，懵懂的岁月被北大荒烙上鲜明的印记。当我在三年后的春天回到故乡，冻伤后伸不直的手指被捧在手心，眼角落下一滴心疼。泪如雨，沿着脸颊流下，手在脸上做温暖的停留，转身后人又天涯。岁月顺着时间的脚步，思念和雨季举行一场简短的告别式，我从北方的素冷与萧寒中离开。只是现在不明白，当年你青春的果敢和激情到今天藏在了哪里，那段回忆和今天的你又隔着怎样的距离。内心的相近因为数年的怀念，当我把你带离北方的冬，冰雕上时光无瑕，也包容与夏天有关的所有季节。

倒不是在乎秋的介入，从春天来的一刻起，就把四季走成春天。那年相遇如雪，这年相依为命，少年和青春连贯之后，今生成为盛大的绽放。很少有人知道，从林中走过雪夜的脚印落在沙滩上之后，海边浪花堆积成罕见的雪色，在相守的相挨里，一不小心走到了白头。

偶尔说起那年北方的冬，残忍的分离是无奈还是其他，今天已经说不清楚。一见钟情后的一脉天真没有被时间打散，我们从相似的传说中像一朵浪花的沉浮，最终消失在尘世的海水。磨难和离别可以忽略不计，而在时间浩荡的长河中，山长水阔的距离最终被心缩短，一份情如雨的透明。

走在云水之外，心在红尘中，目光停留的天边，故乡已经纳入你的怀中，江南回廊下步步相趋，时光如黑白的行板敲在心坎。多年盼归，迫切的念摇响过梦里的风铃，也浸湿过四月的梅雨。一朵勿忘我捧在手中，思念的风却吹不开紧闭的唇。我只是在等，等春花秋月，听阳关三叠，却不知江南湖心岛上的寂寞沙洲冷。

湖水平缓的流过，和七月的海边截然不同，目光如潭，藏进所有的幽怨。寂寞敛尽时间的涟漪，却不懂那些心疼渐渐沉淀，把一个人的日子变得优雅。

浪花打落了重逢的凝视，回忆加上浪漫的一笔。后来啊，后来的故事写成团圆的结局，梦里的七分恍惚，被三分笑语打断，只是脸上不再有青春的明媚。

回想起来，岁月无情也有情。回归故乡后，暗藏多年的心事依旧妖娆，风沾了发香，一朵花瘦成荷尖，时光的手梳理日月的传奇。多年前的江南，天青色的雨洇染不老的柔情，为了等待，曾走遍千山万水，也在迷途中游荡。寻觅的心几乎被荒漠猎杀，唯独没有忘了北方那座城市的坐标，春天的音符被布谷鸟衔走的时候，我在漂泊的路上把雨季走成晴朗。

大暑之后，雨不再下，从原野上找到地老天荒的路，也不会让自己孤独彷徨。你一定知道，走了这么久，我们用身体支撑的点连成一线，青春的梦生根发芽，茁壮成生命的繁荣。

一晃多年，失去陪伴的黑暗中用思念充饥，更期待突降的雨水浇灭空气中的热浪，在孤独面前维护最后的尊严。步入中年后，少年情怀终不再，静看人生那些表演完整的虚情假意。跨过季节的沟壑，在面临夕阳向晚的黄昏，誓言终于落在干裂的唇上。不再麻木承受过往的痛，失去梦想的人生如一滴水离开天空，在烈日下迅速蒸发。怀念雪花洁白的成分，却不愿彼此的誓言仅仅停留在世界的两端。

生命的枝干重新挺拔，记忆斑驳的疤痕被一双手抚平。也许，很多事跟不上时间的变迁，曾经的记忆在对酌时纠偏。路过的背景不会成为行走的终点，面对宿命的嘲笑，天涯与共。时间瓜分过一切，却瓜分不了我们共同的世界，生活的风暴逐渐停息，从分离的两端继续靠拢，七月，炙热的空气抓紧在手心，其中的一部分，就是那年你许下的愿……

第十一章：七夕，靠在你的黎明前眺望

一觉醒来，梦被故乡熟悉的声音唤起，那么远的距离，我却靠在你的黎明前眺望。如果，今夜有风、有雨停在你的窗前，是否可以让那些梦从虚幻走进现实！如果，那双眸子流露出岁月的痕迹，长河中的沧桑从寂寞中淡去，未来的田园风光下，山花握在你的手中，像握住一场春天的浩荡。

所谓心事，只是暂时的纠结；所谓思念，只是流放你身边的陪伴。在专属的微笑里洋溢明天的阳光。今夜，穿越时空的距离，回到当年……

醒来的时候，风正好，台风荡去所有的酷热。窗帘晃动夜的影子，忽然间想起了你，想起和你一起的日子。时间和岁月一样薄，而青春和情感的绞杀在生活的无奈中让很多相爱的人难以白首。有些凉不分季节，七月流火的天也会滋生内心的荒凉，这些倒也不是流转在内心的思念慌张了脚步。栖息在指尖的花影依依，青山绿水的梦迷醉幻想的幸福，把江南良辰美景寄望归来的日子。两年前的初秋，当你站在西湖边，眼眸中的烟波迎接七夕的柔情，一袭素衣痴缠成双飞的翩跹。诗中月色洒落天涯，你邂逅的名字是今天的昵称，在唇语上开合。

两年前，寒山寺的钟声还在，在小瀛洲上听雨，时间的海上扬起一片思念的殇。那时，北方的冬天开始靠近，断桥看雪的心愿被你从文字里捧出，喂养爱的记忆。七夕夜，月光如温暖的手指从粗糙的掌心滑过，从鹊桥仙的词牌里，捡拾爱的硕果。

很难相信，两情若是长久时能不在乎朝朝暮暮，躺在记忆的河床，时光的雨露滋润岁月的音符。佳期横穿梦的远方，栖身的异乡，黎明前仰望白色的天花板，去拥抱青春年代那场死去活来的爱情。

时间总是那么残酷，不是吗？从你离开杭州的那天起，时光慢慢染上白发，我只能在十月的江风渔火前数落北斗星，而与之相关的回忆无法舍却。残荷秋雨，印证过漫长的等待，夏花初雪，流转了刻骨的相思。情书未老，秦观不再，从无数个长夜数着春夏秋冬，昨夜落在唇角的俏语平息这些年相思的风雨。你隐居的北方落下生命中第一场雨，搀扶在夕阳下的背影投在瑟瑟的江水。在世人觊觎的眼神里，你把信念的偈句填在古老的格律，清颜堪比妆浓。

数不尽的轮回在时间里踱步，长发却长过肩头，只是你还记得江水的源头在钱塘江十五的潮汐上奔涌着快乐的浪花。那年钱塘外的驿站营造过梦想的家园，青瓦白墙，铜色的门环被小巷深处的手轻轻叩响，葡萄架下窥听牛郎织女的传说。关于你的少年、青春都是专属的记忆，为了长情的陪伴，走过荒凉，走过关山。那串悠长的岁月踩成地老天荒的路，挪开心中所有的魔障，腾空记忆，安放一个家的地方。

说不清楚什么时候把彼此放在心里，爱情也总是得寸进尺，在每一次呼唤的耳语中，灵魂便追寻而去。那是红尘倾世的皈依，用一粒朱砂作为相认的标记。静夜的长灯在黎明前引着游子的脚步，重逢的酒醉了离别的眼，拒绝口中轻轻的安慰。你知道，眼下的日子只能如此。虽然，在少年的情怀里笑闹可以找到过往的浪漫，可无数个飞星传恨的夜只能在银汉里暗度。词韵里的清愁不减当年，窃窃私语被风声传送时，贴在胸膛的不舍从眼角流下，只能把每一个日子，都设置成重逢。

犹记当年同醉月，如今与你共七夕。多少年了，爱情在南，你在北。如果，这个七夕穿越关山万里，这些年等待的寂寥填作闲词断章，在吟哦时带着清凉的微颤。盛夏刚过，江风吹着旧时的月，时间的刀锋未能斩断相思的发。游走于月下，等鹊桥在天空建起，目光里流露的明媚令人不舍移目。从哭着告别到笑着重逢，这一生无数的啼笑都为明天的幸福。多年前，离别的前夜编出不走的理由，如今，青春的天真掩进沧桑。这个七夕，当你和故乡一起扑入怀中，扬起的脸带着喜悦的笑容，在浅浅的皱纹里流露出团聚的温馨！

第十二章：岁月可以白首，深情只与你共

这世界，并不仅仅是谁绝无仅有，当阴暗彻底暴露在阳光下，一条错综复杂的路成为人生最后的抉择。从四月阴霾中走进初秋，十月天空下，轻烟负载眼眸的柔，枫叶点缀行走的飘逸。香山登高远望，那些年我们错过的金秋重新回到身边。感谢冬天无情的冷，孕育今天最好的季节。只是，生活的情调绝不是年华中贪婪的攫取，所谓无奈在某些特定的环境下能撕裂人生，也给某些人披上华丽的外衣！

岁月可以白首，深情只与你共，一袭青衣在岁月中款款，踩着八月的古典唤醒生命的回望。你来了，我去了，枫叶的红映着你的容颜，香山脚下一注烟撩起万般柔意，留下今生最后的恩情。岁月和誓言一样斗不过时间，这个清晨或者黄昏，京西驿站，一碗粥伴着烟火味道流进你的唇齿，暗藏内心的怜爱表露无遗。秋天带着成熟的味道赋予深情，誓言和青春一样分别很久，此时，挽留于心的是把一辈子圈在无声的承诺，一枚枫叶当作爱的图腾。

晨雾激起颤抖的烟，在春的风口，在海的浪尖。京城繁华去处，北国的辽阔与江南烟水路上的折返踏平一路荆棘。爱的王朝，叛逆的臣子离开情感的领地再无归日，焚心的思念却被汹涌的泪水一次次熄灭。浅笑在颊上浮起，

一个回首，岁月就老了，一年的春暖花开只为这一季的丛林浸染。翌日，沿着小道蜿蜒的路径走进香山，此时和彼时的区别是相挽的随意。迷醉的少年弹指一挥间，鬓角吹乱的发丝被风轻轻托着，一同躲过宿命的相欺。

沉湎十月，北方的秋从笔下走过多年，芦花吹响的笛音和故乡留在一起，手温在飞针走线时织进毛衣。那时，满地黄叶和肃杀的风横扫世间一切，夜灯闪烁的眼神隐痛着等待的无言。一扇窗前的眷恋停在难以归来的路口，酒意里寻找异乡的情愫。黄昏还如此时，夕阳穿过暮色的天空，灯影，秋雨裹着西伯利亚的寒侵袭青丝的色泽。如若，香山钟声回荡，静心聆听的佛音覆盖两个人的江山。离别日子里一壶酒融化中秋月，交织的喜乐哀愁在落霜前给予温暖，重新找到半生的归宿。

夜雨秋灯，行走的街道，雨不再是夏日的盛大。尽管回忆的苍凉被打断，身后环抱的灯影避开浮云缭绕的过去，一轮月经过雨水的洗涤圆缺分明。从圆明园回来，明净的月流淌如水的平缓，这年的北方不再是一个人行走，口中念叨故乡的习俗，嫦娥奔月的故事从童年的记忆中扯回。原来，那些说不完的话题被尘封几十年后，再次说起，依然生趣。儿时的庭院和父亲的笑声掺在一起，青春的倔强让母亲又多了流泪的埋怨。在各自长大的岁月里，只有这一季重逢的喜悦把相遇的意外说成天定的缘分。悲欢离合宛若别人的故事挂在三秋桂子，一束菊花开成晚秋的风景，流年的幽香从发梢上弥漫，平整十月乱世的河山。

远望，对视，苍茫群山涌动夜的凉意，细数这些年来独行的萧索却被目光禁止。中元节彼此说起对亲人的思念，他们已经远离我们后来的日子，只有灵魂俯瞰红尘百态。前年的海边，隔着海岸望海上明月，也有过天涯共此时的期待。唐人千古的意蕴撩拨一江秋水，相同的月色融合你我的距离。故乡太远，只有内心沉淀千秋不改的音容，把守望的信念落在故园的屋檐。清晰地记得，青砖垒砌的院墙下，菊花和青苔拍成照片的斑驳，而我们的年轮带着时光的痕迹留在共同的回忆。深情的守望和灯火构成的画面留下朴实的幸福，却听不到时常哼起的贵妃醉酒。

这一季，我们可以明媚地走过，桂花落在衣襟，陈年的酒带进京西。相信这个十月，雨后幽蓝的天幕下，这轮月色从江南的小巷中跋涉，随游子的脚步穿过塞北的烟尘。

古树攀附的城墙带着历史的沧桑，如同岁月剥夺的容颜。登高望远，身后的城市拥挤在视线之外，从香山到长城，一枚红叶和菊花沉淀了时间的轮回。当我们回到江南，双手推开久违的家门，目光左右了秋风的走向，拿出一枚枚鲜红的枫叶，把浸透在脉络里的记忆理顺，编织属于春天的新绿。也许，越过一季斑斓的山林，芦花飞雪的江畔还有春天的莅临。

忘了那个冬吧！这些年的苦寒浸透骨子太久，青春已经在世俗中走失，何必去做思念时的苦行僧。当冬雪飘过江岸，预约白首的浪漫，弥补今生对你的亏欠。

第十三章：带你去故乡的湖边，依偎余生

低语，如花，浅秋易醉，风吻过山林，穿越城市丛林般的建筑。那片湖，这条江，是可以共醉的家园，在时光里相约不老的温柔。还记得初夏的希冀，晚春迟迟不肯离去，初见的笑抵着命运的窗口流露梦里水乡的天真。花开了，骄阳下行走的七月带着一季守望的匆匆，把经年的歌跌进幽梦。水做的骨骼，雨淋湿的诗和夏花明媚在有你的日子，谱写八月笙歌。

生命无法圆满，如月缺月圆，世间本来也没有永恒的东西，正因为生命有遗憾才让众生不知疲倦的追求。有人用感天动地的行动试图温暖冰冷的心，我却用晦涩的文字表达最后的心愿。总想着在某一个季节和你回到久别的湖边，在三间茅屋里依偎余生。门前的荷塘开满夏日的荷花，冬天薄冰上摇曳的几支芦苇，偶尔有野鸭飞过惊起冰面上觅食的麻雀，你从眼角流露怜惜，撒几把米丢在门前，安静地看着一些不知名的鸟儿抖动灰黄的羽翼心满意足地飞走。这样的场面在很早以前的北方见过，只是那个撒米的女孩早已经长大，却依然抱守内心的善良。

眼下又是秋天，午间，电话那端说着湖边小城发生的变化令思乡情切。多久了？少年的模样早被岁月改变，连梦想中的故事都被时间改编。记得有

人说过：“每个人生下来的时候都是原版，只是活着活着就成了盗版，成为自己心中曾经厌弃的那种人。”唯一不变的是故乡的那片湖，芦花飞雪的冬，银杏金黄色的叶镶嵌萧条的天空。远离少年和故乡的游子重新审视回来的一切，只是我已经离开那片土地多年。生活无常，有几个同龄人早已告别无奈的人世，唯一欣慰的是经历这么多年聚散离合之后，我们还能从久远的记忆找回失去的过去。感谢命运的公正，来到这个世上，幸福和苦难无一例外进入我们的生命之中，接受，面对，再去改变，一步步把曾经的天真变成世俗的成熟。

春天的重逢路上，失落和虚空被笑意填充，失去也意味得到，原本不属于你的，早就该放弃，被欺骗的伤如同厚厚的铠甲保护我们柔软的心。不是所有的水都是透明的，不是所有的深情都能得到回报。月亮再美，无论人类如何用赞美的诗句来描绘，它终究是冰冷的遥远。

捂不热石头，是因为它无心，如果所有的追求都是虚无，那么这些年来上苍对我们还是偏爱有加。人生冷暖自知，当苦难一旦成为财富，应该感谢曾经的伤害让我们懂得什么是人生，什么是人性。

有一天，携手离开高楼林立的城市，找回记忆的宁静，故乡的湖就成了最后的归宿地，那一片净土只有历史留下痕迹，没有红尘中的尔虞我诈和贪婪。坐在异乡窗前，小巷斑驳的围墙和古老的门环默默诉说被人遗忘的一切。此时，你在故乡剪辑的不仅是时光，还有岁月中一叠叠发黄的照片和凌乱的日记。思绪穿越距离的遥远，每个周末越过千山万水的陪伴让孤单不再，当信仰留存于心，不同的追求决定人生不同的命运。

那年在北国深山老林，我的离去和归来在你的眼里没有流露出任何喜怒哀乐，零下四十度的冰天雪地，伸不直的手指写出完整的家书。从那段记忆回到现实，一朵花背后经历的寒暑只有两个人可以分享。如果几年后愿望成真，几片菜畦被你种上了喜欢的花草，城市的边缘，繁华与安静并存，梦想和幸福就此合并。偶尔会把记忆的风景拿出来晾晒，你盘起的长发沾满过生命的苍凉，也沾满这些年的离愁别绪。

南方的夏很长，不像故乡那么短暂，从春天告别的时候一步到夏，眼前的秋风酝酿十月最美的想象。季节如人生，每一段弯曲的路口总会有奇迹出现，只是需要我们在行走的艰难中永不停步。对于那些迷失方向的人来说，好像一只鸟撞进了捕猎的网；对于有信仰的人来说，坚持才能获得成功。午梦时回到那座城市，异乡的街道还有我江南的模样，恍惚时传来熟悉的口音，原来，时间没有改变过每个人本来属于自己的缘分，只是在红尘道上的劫难考验每一对相爱的人，心存杂念的人已经出局。

去故乡的湖边依偎余生，此时的你已经谋划了未来的格局——原木盖的房子，肥沃土地开满的鲜花，雪白的莲藕和肥美的鱼虾各自摆放在餐桌。春时听雨，夏日采莲，秋水天长，夜看明月西沉，那一场童年消逝的流星雨会在子夜悄悄落下，冬天的雪压弯臃肿的芦花，倚在睡榻上，慵懒的端庄是别样的绮丽，瓷炉上温热的酒一定赛过泥炉的清洁，冬未至，心已醉。

那时，三尺桃花不是开在纸上，容颜重现的安详和妩媚是最好的春色，轮回三生。

第十四章：区间的距离

有时候，区间距离是一个季节的距离，也是心的距离。那年秋天，黄叶坠地萧索，很多相似的场景再次出现在回忆的梦中，在这个清晨不约而至。其实，天涯无论远近都不足为惧，可恋的是，夏日的青葱和热烈消退之后，渐凉的风吹过南北山峦，城市和街道，一个人的孤单有两人分享，也品尝寂寞时思念的甜蜜。

从北戴河到南戴河，区间也隔着一个多小时的路程。那日黄昏，街道被灯火点亮，天空的星子俯视广场上的你。前方灯火阑珊，家才是永远的港湾。新建的火车站在空旷下显得高大，也衬托人在天地之间的渺小。在黑暗中感受白天看不见的灯火，海风不再如七月的温柔，而等待的影子却接近温柔的边缘。带着咸味的海风掠过脖颈飕飕的凉，也吹乱柔顺在肩上的长发，那是一个人舞动的情丝，直到出口处熟悉的人走进渴望的眼帘。

你比我早到一天，因为一些琐事，所以旅途的风景都忽略不少，而我更有归心似箭的感觉。记得几年前来北戴河的七月，和同行的战友走在夜晚的街道，苦口婆心相劝的话犹在耳边。如今再回到当年，你已经走进我的生活和现实。我不知道在广场上伫立的等待经过怎样的漫长，是否焦急，走出站门的瞬间你已经迎面走来。灯光下熟悉的颜容依然如故，米色的外套随风一阵阵浮动，飘逸的丝巾和长发伴舞，随后挽起了伸出的手。

语言已是多余，适当的沉默属于心有灵犀的范畴。居住的地方在南戴河和北戴河的中心点，在家时我们选定这样的位置是为了处理琐事方便。在广场处一个长椅上坐了下来，点燃一支烟，除了让长时间站立的你歇息一下，也满足我几个小时被囚禁的烟瘾。

望着眨眼的星星，感受肩上温暖的依靠，某种记忆犹如潮水一般涌上心头。纷杂的生活中，有的人一生只会让你疼痛，有的人却给了半生没有的快乐。很多异乡的日子，在长夜找首歌独自欣赏，但不能将岁月斩头去尾。当你把我从梦中唤醒，贯穿一生的依恋犹如365个日子，再也无法舍弃其中的一季，无论是春花秋月还是严冬白雪，都会留在前行的路上。

有一种情深，未必意重；有一种相思，两处闲愁。春雨绵绵的季节为你的爱情下单，余下的岁月将一颗苍老的心交付于己。埋首红尘，春夏接踵的日子与阳光衔接，缘分的提示语和宿命拥抱。秋风乍起，秋凉渐起，飞针走线织就的围巾遮挡寒风的侵袭，从此温暖漫长的冬天。

倚靠在肩上的发香压下烟草味，熄灭手中暗红色的烟火，起身离开行人渐少的广场。想起五月的时候，春天已经退出了江南，夏的味道已经挤进季节的门槛。就像今日，南方的空气还带有夏天的温度，只是在短暂的重逢和离别之间，八月就从指缝里滑过。那时，江边的风带动了单薄的衣襟，我们从寂静处牵起双手走入众人的视线，也把无关的记忆丢进风里。跟着你的脚步，秋天就这样走来，时间总是用公正的睿智把命运分摊给芸芸众生。回想当年的场景，站在天空之城下的你，这些年来的等待和隐匿终于在适当的时候融进我的生命，是不是因为宿命的指引？而我像秋风中的落叶，在特定的季节就回到了大地怀抱，最终落叶归根！

我们的根在哪里？是我漂泊异乡的旅途？还是初雪融化的春天某一处烟雨茅舍？你笑而不语，从丹霞落红的清梦中消除一夜疲劳，十月的海已在眼前。

事情处理的都还顺利，漫步在沙滩上，两行脚印永远隔着最近的距离，不敢再放开你的手，无论是拥挤的街道还是空冷的海边。那天，我们更像游弋在沧海里的鱼儿，自由的活在生命的水域。辽阔的海面流淌灵魂的旋律，天光再次暗淡，昏暗的渔火和皎洁的月亮相互成趣。坐在老虎石不远处的礁石上听海，有一种依靠真的可以驱寒。离开临时居住地的时候，那条宽大的围巾此时派上用场，它遮挡着海风，阻止了夜凉的侵袭。

中秋时候还说起那年的北戴河，却不想机缘巧合使我们重新体味秋天听海的快乐。人生总是充满变数，也隔着缘分的距离，从青春岁月走到现在，有时候因为害怕失去，所以小心翼翼或者焦躁不安。一个人的路上一旦找到最后的归宿，才发现曾经的痴狂多么迷惘。原来，有些人只是过客，他只是教会你什么是生活，什么是真假。

每个人都有自己的幸福，只是来得早和晚而已！

重新写一篇回忆，更是余生幸福的框架。在这个框架里秉持白首偕老的信念，在未来的岁月中相伴一生。多年之后和你重新翻阅今日写下的文字，秋风卷起黄叶，聆听海风送来的潮声，这样的时光在黑暗中永远鲜亮。

第五卷

寻找记忆深处的声音

那个春天，只为人群中多看你一眼，
生命中植入最真的情感，幸福才得以延续到老。

第一章：天荒，地未老

午后醒来，阳光执着地钻进窗帘，闭目小憩，昨日雨好像从来没有下过，只有雨中的牵牛花静静躺在桌面。公寓位于城中村，左侧保留的围墙像古代的长城，两边水泥砖石砌上，中间夹了有三米多宽的泥土，表面裸露着，被开成了菜畦，种满了菜。秋天来了，各种杂草丛生，逐渐接近了荒芜的样子。顺城墙边走过，昨日清晨的牵牛花开得盛艳，在微黄和杂乱中带来另一种景象。也许它本身就属于清晨，在雨露中争艳，举起手机拍下几张带回宿舍，在淅沥的秋雨中感受难得一见的安静。

起身推开窗，俯视那段几十米长的围墙，一朵朵牵牛花在此时已经不见踪迹。我住在漂牛文化公寓的三楼，抬眼就可以见到墙上种植的蔬菜，以及顺着墙垂下的藤蔓。午后阳光很恣意，丝毫不见秋的味道，昨夜风雨交加，今天天气却出奇的好。也许，天易变，还是不如人心易变。

一江之隔的北方，有我的故乡和亲人，从北方回到江南五月有余，经历了春、夏、秋，也体味了漂泊的辛劳和快乐。古人说："天若有情天亦老"，唯独不忘的是，在经历一些时间之后，思乡的轻愁还是你给予安慰。

看着楼下的菜畦，突然就想到一句话："天老，地未荒"。春夏离开之后，秋冬即将到来。这片狭长的地上一直被人种上时令蔬菜，这让我想起故乡白发的父亲。当年未搬新家之前，单位分配的住房后面就是几块菜地，他和母亲打理着，每个季节都种上蔬菜，秋天来时，鲜红的辣椒代替了鲜绿的青菜、蛇瓜以及茄子，在几块小小的菜地上收获着快乐，也收获了健康。从岗位上退下的几年间，那片菜地给他们带来很多金钱难以买到的东西。每次回家，我都看到父亲要么站在地头，要么在辛勤除草浇水，或者施肥。

土地，是人类赖以生存和发展的物质基础，可惜的是，城市化进程占用了很多农田。眼前一栋栋楼房，几年前还是一片良田，如今除了墙上仅有的一点裸露的泥土，脚下全部是混凝土铺成的路面，以至于想移植一株栀子花都要跑很远的地方取土。

和你说起这件事的时候，你在电话里幽幽地叹了口气，那个五月刚从故乡到异乡，你的目光也一直跟随到江南。偶尔谈起单位快乐的事情，也说起浙中这座城市的风土人情。金华不仅有火腿，还有李渔，还有艾青的诗歌。对于这座陌生的城市来说，我不再是孤身一人地漂泊，单位的同事陆续入住公寓之后，笑声就从楼道里传出，不再有初来时一个人的孤守。

七月流火，九月授衣，刚入九月，你问："你那里的冬天和无锡相比如何？如果不是太冷，一件外套和围巾就可以过冬了吧。"我不知道如何评判这个城市冬天的温度，唯一不同的是那时在无锡没有归属感，总像秋风中的叶子，秋水上的浮萍。而这里有相交四年多的朋友，我们在一起生活，工作，远不是当年那种陌生的打拼。那些年的太湖之滨，我用三年的时间熟悉了一切，又用八年的时间证明了自己，再回故乡时，两鬓已染霜。

不可预料的是，在回归故乡六年后，还是离开了那里的一切，放弃了悠闲舒适的生活。背着梦想出走，父母的泪打湿了背影。他们很难理解我这样做到底是为了什么，这一切只有自己懂。当年辞职，回故乡照顾父母的日子，几年间，在网站结识了朋友，师长，也经历文字里带来的喜怒哀乐。当我把怀念的词赋予某段记忆，心中那道伤痕也慢慢平复。很多夜晚说起当年的事，地老天荒这句话也不再是爱情专属的誓言。有你的日子，我更相信天荒地不老，这里包括走过的每一处土地。

柔情在九月织进岁月，已经无法把这段时光搁置。这么久了，你和秋天一样在潜伏，只用关注的目光面对我的归来去。柳弄风荷的夏天，一场场雨洗去落花的疲惫，也迎接了秋天的来临，五月的烟雨，八月的江风，天空变幻的云烟终是今日晴朗的婉柔。岁月让我们白发生成，而大地的辽阔才衬托天空的浩渺。当你从季节深处走来，所有的雨季滋润干涸的土地，春花夏草，也不再用泪水洇染鲜泽。

思乡的心情还在，十月已经到来，当我们重逢在秋天，身边一片芦花和枫红便是心情的点缀。这样的季节，面对时光的行走，即使还原不了岁月的容貌，却深知感情的真味。每个人都会老去，唯一能确定的是，我们可以在相遇的时光相伴到老。如果当年的迷茫阻隔了千山万水，今天已经不怕岁月长满的皱纹削弱青春豪情。跌宕的红尘牵手走过，时间拓印的碎片可以藏起，十月章节和牵牛花一样不失繁盛，记下这段隐秘的传说，穿过狼烟四起的人生。我们一定相信，天荒，地未老……

第二章：遥远的呼兰河

最近一段时间，微信上关于萧红的话题很多，陆续看了几篇文章，记忆忽然苏醒。在某一个梦里，我走在密林深处，或是大雪后的荒原，黑暗中竭力地跋涉，步履维艰，在抵达梦中的河流之后，心花怒放。

最奇怪的是，在碧草青青的呼兰河畔，冰雪连天的木屋里某段记忆原来一直于萧红有关。30 年前，我和她一样的年龄，只是一个向南，一个向北。

关于萧红，是在她的《呼兰河传》里留下深刻印象的，那时候军营生活除了书，就是繁忙的值班和训练。所幸的是那样的青春是阳光下的岁月，没有多愁善感的心态，只是在读到某个章节时会流下同情的泪。我和她之间相隔了几十年，然而那个年代的情感还有相同之处，人与人之间远不是如今职场上钩心斗角后的假意惺惺。年轻就是年轻，很多忧伤在瞬间就会忘却。但是，那个年代的那个女子，却深深地留在心中。再读“五四”时期散文小说的时候，留下深刻印象的也就是那几个作家，萧红就是其中一位。

先入为主，有些习惯总是难以改变，第一印象决定后来岁月中对文字的喜好，有了选择性阅读的习惯。包括那个时代很多作家，偏激地认为，新文化运动，有些作品是风花雪月下的为赋新词强说愁，很多文章不能引发我的共鸣。只有那个女子从松花江北岸的深宅大院出走后客死他乡，才让今天的回忆多了沉重。

呼兰河，你究竟是一条谁的母亲河。

90年代在迎春小站，听着街上卡带机播放的歌，才知道自己回到了呼兰河畔。

美丽的松花江

波连波　向前方

川流不息流淌

夜夜进梦乡……

那样的歌声陪伴乡愁入梦。几个冬天就过去了，夏天的呼兰河奔腾流入松花江，从萧红的故居前流过，带着她美好的爱情和希冀。但是，生命的支流并没有让她汇入更宽阔的江海，黄浦江边繁华的都市，淹没了她年轻的生命，最后客死在南国的驿站。

遥远的呼兰河，30年后，你从我的记忆里再次走来，澄澈的河水和茂盛的水草不再是回忆中灰暗的色调，也没有脚步搁置多年后距离的阴影。岁月总是要走的，要么来，要么去。不再停留那样的时光，却需要用一份真情做引流，在冰雪融化的黑土地上，开辟一条从未走过的路。

她和端木的爱情，是性格造就的悲剧还是命运的捉弄，当事人早已作古，旁证也不可全信。每个人都有自己的认识，于人性而言没有对错，只有观点不同。有一段话比较经典：“成长给生命折出很多褶皱，也留下太多的酸楚，一切都会过去，往事压在层层叠叠的回忆里面目全非，反倒是自己当年痴傻的姿态，鲜明可忆。”

原来，世间所有爱的强求和痴顽不是通往幸福的天堂，只有长情的陪伴才是真正的快乐……而那个倔强的女子，在病房咽下最后一口气的瞬间，短暂的生命只留下一幅多彩的乡情画，一首凄婉的歌谣。

我是80年代读到这本书的，这篇文字不是书评，也不是缅怀，只是我记忆里一段无法抹去的记忆。这段记忆和青春岁月交缠，发酵，直到今天再次路过呼兰河才成文。消失的青春里寻找不到浪漫，却能引发某种深深的思索。今天，呼兰河二道街上她的故居每天都有天南海北的人来凭吊，去寻找这个民国四大才女之一的足迹。她总以为红尘一笑便可以相伴到老，而感情的波折和时代圈定的框架让她难以在苦苦追求的自由和爱情世界得以重生。如果温暖和爱是永远的憧憬和追求，无情与冷漠夭折后的生命除了文字，还能留下什么？

端木蕻良、萧军在她生命里留下的印记和光环早就消失，呼兰河畔深宅大院，在父亲冷酷无情面前幼年的萧红，看到她祖父那句：“快快长大吧，长大就好了”这句话，第一次就击垮了我。

两年前，母亲也说过：“过了春天就会好”。如今又是两个春天过去了，我却又一次离开故乡，把梦想和希望装进行囊。这个雨天，乡愁和爱恋放在手心，耳边又响母亲苍老的声音：

“——过了这个冬天就会好。”

我们总是为希望而活着，即便面临一次次的失望，还是因为希望点燃希望。时间兜转，岁月轮回，逃离过去还有新的生活在前方。无论是男是女，远离那个时代之后，今天早已不再是封建世俗能左右现代人的意志，精神世界不再被禁锢。我想起呼兰河边四月的你，背影融在五月天，目光却在时光的静处转弯。也许，从几十年心灵感应中找到相同的足迹，才不肯放下内心的固执。

这份柔情与坚持，可否荡平岁月的伤?

遥远的呼兰河，在岁月深处流淌，江山万里，山河故人，谁愿意到无能为力时再说一句“我爱你”？谁愿意给生平中最向往的幸福空留遗憾。所有的来日方长都不如把握当下，有生之年，呼兰河，那个流淌一代才女泣血的河流被岁月净化，生命的单薄重新有了另一种厚度。

呼兰河，你流淌着温情，流淌着青春岁月永不停息的歌。在芳草萋萋的春天，停下颠沛流离的脚步，抹去眼角带泪的叹息……

第三章：闲梦霜红雪落时

倾听风语，闲梦霜红雪落，半生归处，采菊东篱悠然。

——谨以此文，写给十月的秋天故乡的你！

一直以为，潜在春影里的秋隔着夏天会来得很迟，从七月荷青到寒露来临，小小心愿和几分窃喜缠绕，蓦然就走到秋。

十月枫红，霜落，月的白留在窗台，故乡的去处便可以摘得几枚枫叶装点手的柔荑。虽不及江南“月落乌啼霜满天”诗境里的悠远，却少了“夜半钟声到客船”的孤寂。北方万山红遍，踩着十月的相思，迈着闲适的步子走在林间小径，与你重逢在繁华深处，圆满一颗渴望的灵魂。

灵魂若有归处，闲梦都是诗。所有的深情若能抵达，有你在的地方就是家。

多年来，家的概念一直模糊，漂泊的岁月斗转星移，一年年就这样过来了。你总是不许我说老，在遥问的归期里，寂寞欢喜随着时光穿过隔岸的江水，流淌岁月如歌的旋律。五月，说着“春到江南春意好”，八月，忧伤的回味慢慢就淡了。秋光流溢的斑斓从一枚枫叶上开始，阳光沾满季节的斑驳，共同仰望的蓝天下，风烟俱净，携手无忧。

往事慢慢归拢，走过这些年，你的一切都留在这幅画里。青红布满山林，落叶缤纷，金色的叶遮盖山里红一树的果实，我像个孩子一样用力摇晃，鲜红的果子零星落在脚下。你弯腰捡拾童年的快乐，用湿巾擦拭送入口中，相视一笑，夕阳拉长两个身影，瞬间定格的画面让风都停驻。这秋，和我们融入一体。

这是生命可及的温暖，虽然山风穿过城市的街道，钻过竖起的山峰空隙，光影交错中，时间没有亏待每一个人。如果说红尘薄凉，团聚的日子在晚秋的晓寒中丝毫不觉得冷意，只觉得长夜不长，浅醉不酣。回到家中，迎风抖落漂泊的烟尘，眉间风霜犹存，而笑声朗朗。

想起江南的五月，也许就是那样的时光酝酿如酒的情怀，才让这个秋天厚重饱满。江南春早，二月水草同色，花开花谢时走完一世轮回。沙棘，红刺果的颜色切换成眼前久待的景致。那天，一朵烛花跳跃梦的色彩，吻合今生所有的期待，秋天的心境填满唐诗，寒山寺的钟声再次回到两年前的耳边。静谧的夜，晚来的风，晨起的霜和你的慵懒包含在每一个细节中，书写日月白首的永恒。

时间永不疲倦，我像迁徙的归鸟走出旅人的行列，你在晒台的摇椅上说着当时的事，颊上浮起晚霞。暮色弥漫，时间换回了空间，季节推移的真情没有消退在分离的距离中。隔着浩荡的江水，隔着冬天的旷野，一样的星空下，我们还走在相同的路上。

捧着红叶的手拈着秋色的缠绵，勾住离人的眼，落叶堆积的草地上，拍下一场初雪前安静的画面。如果所有的相遇都是久别的重逢，那么人生总是要丢下一些重负才能到达行走的终点。年轻时来不及和青春告别就步入中年，中年的沧桑又藏在染过的白发下。生活中，很多事我们不知道结局，但我们每个人都想知道因果的关系。未来无法预知，唯一能肯定的是，缘分能让一个人哭，也能让一个人笑。

不要相信宿命，更不要说情深缘浅，一起笑到白发颤巍，就是地老天荒。

从山里回来的午后，临窗月下，星光点亮眸子，幸福被你圈在怀中。告别的时间开始倒计时，然而再也不会为之伤感。到了这个年龄，很多离别都习以为常，甚至浅醉的那个夜晚说起即将来临的冬，堆积的雪人和小红帽都是秋天待拍的续集。在多年前的雪原上调阅泛黄的画面，拓印一行牵手时走过的脚印。

时光越单薄，思念就更饱满，红尘盛大，每个人的相遇与重逢都有特定的规律——有人成了过客，有人成为永恒。如果缘始于遇，生命无缝地对接就是前世今生修行的因果。相遇相行，相聚相离，思念结成的痂包裹柔软的心，抵御世间风雪的侵袭。

这个十月，我们站在秋风刮起的路口，冷风穿过街道，梧桐叶缓缓飘落。背风的僻处，你眼里的温柔掠过这座古老的城市，长发沐浴朝阳，点缀不一样的离情。

携着晚秋飘零的风，走过这一场红尘烟雨，对于即将到来的冬天，已经有了足够御寒的勇气。从季节的源头寻找冬雪覆盖的柔情，带你走进早春二月！

第四章：虚构一个冬天，在江南等你

江南十月，气候怡人，累累果实挂在依旧泛青的树枝，柚子带着金黄的色泽在风中随风摇晃。走在车站的出口，江南的秋天除了收获，似乎少了一点北方的寒凉。

心中总有些扯不断的牵连在无形之间隐约，缘分是人间的红线，被命运递到有情人手中，纠缠人世间的恩怨缠绵。爱情并不都是青春出现的朝霞，而你莅临故乡的秋天，曾经的遥望成全姗姗来迟的期盼，一支红烛点亮万古时空。如果，一丛雏菊是北地忍不住的春天，我宁愿从江南打马千里，携你在雪原上走出一条通途。

夜深人静，还躺在记忆的身边，回忆这些年来的点滴，品味彼此的山河岁月。爱是生命的一种颜色，也随着季节的变迁演变不同的光辉，青春时的爱情如春，是夏花的热烈，而中年后的爱情便如眼前的秋，那么成熟，收获人生中最美的时光。虽然颜容不及年少，但一起经历风风雨雨，这样的爱不再是易变的冲动，少了激情缠绵，却甘醇如酒。

感受这样的岁月，牵着不再柔滑的手指，心中的感慨添了爱意，也有不在你身边时独自承担的亏欠。这些年的天涯两端，时间消瘦了岁月，却未能削弱内心的坚强，尽管谁也不能逃离现实的腐蚀，而骨骼和灵魂依然坚定地依靠在一起。走过五月，走过夏日荷青，很多孤单和快乐都分享与你，慢慢走到今天。

踏尘而来的时光，还记得吗？一个绚烂的开始，意味一年的开篇，经历太多磨难，我们终于走到一起。十五的月亮比任何时候都圆，“终于”这个词蕴涵一生太多的等待，那晚的月光如水银泻地，铺满窗台和帘帷，窃窃私语声被空调机遮压。窗外飘来栀子花淡淡的香味，多余的话沉在各自心底，唯有一个主题和日月共鸣。

这些年来，一直在江南虚构一个冬天，带你回到故乡的湖岸、山林，走完余生最好的光阴。遥忆当年，你居住的那个城市，来不及分辨东南西北的时候就离开，以至于这些年倾诉的话语有点耿耿于怀的不甘。当年，青葱的我们总以为相遇就是永恒，却不知道命运在冥冥之中设定了相爱的前提：

“轻易得到的，也会轻易失去，最后陪在你身边的，才是爱情！”

远离的日子，一直把你在心中定位，几年后再次重逢，抱守的信念开花结果。你还是当年的样子，一身素衣，长发如瀑。不再留恋青春岁月中懵懂的冲动，也不惧时间流走的欢颜呈现苍老的痕迹。就那样站在身边，伸出的手递在手心，把圆满握成今生。

爱情在天涯，婚姻也在江湖，江湖的凶险时刻威胁着每一份感情的圆满。故途无风景，生活锤炼的情感可以稳若磐石，烟熏火燎的思念没有风轻云淡可说，甚至扛着一桶矿泉水爬上楼梯也让你气喘吁吁。这些画面没有被时间淡化，夜晚的风掀开窗帘，从一丝缝隙中遥望他乡明月，内心滋生终结两地情愁的渴望。

爱的深情成就婚姻的质量，当我们走在湖边，看残荷秋叶，眸光如水一样沉静。很多苦无须诉说，每个人的肩上都承担一份责任，告别就是为了更好的重逢。江山故国走过春秋冬夏，每一次团聚抵消积聚的思念，也抹平心中少许的怨怼。红尘是道场，修炼每个人的内心，生活的套路和爱情指数在飘摇中熟稔、扶摇，酸甜苦辣就是最好的调味品。这样的磨砺在后来生活中甘之若饴，从少年到白头，走在夕阳下的背影依然是两个人的相扶，蓦然发现，雨浸润的春意一直留在你的骨子里，时刻散发栀子花的香。

红叶燃烧了季节，芦花如雪，此景不再是虚构。立冬后，薄薄的霜被雪替代，一场苍茫与浩荡会用另一种景色呈现。对于幸福来说，隐忍也是修行，理解更是惜福的包容。从陌生变成亲人、爱人，这里需要多少缘分来成全世间爱情的传说。曾经的鲜衣怒马纵横江湖，最后都抵不过一个家的港湾把爱收容。年少的梦想和青春的光环一一放下，我们都会懂得，成长的责任不仅是荣耀与光芒，还有凄风苦雨的共担，脚踏实地走在路上，脚下还有故乡的回音，亲人的呼唤。

月临西窗，离开已经半月有余，和命运博弈，就是抵制它对人生的选择，不去刻意讨好谁，也不去被迫做自己不想做的事。异乡的路走得太久。雪落之前，枕着你的记忆回到十月，尽管人在江南，而灵魂，却一直在你身旁。

第五章：有一个远方，叫温暖

世人只会吟咏春天与恋爱，真无道理。须知秋天的景色，更华丽，更恢奇，而秋天的快乐有万倍的雄壮，惊奇，都丽。

——邓肯

秋风里，素衣而来，秋红时，走遍尘华，熙熙攘攘的人群中遇见，只为多看那一眼，生命的内涵不再单薄。行走在故都街道，简单的快乐陪伴素净的日子，那些黄与红的叶片点缀人间烟火。

晚秋甚好，依旧带着某种活力，如果那是秋风的注入，在生命苍老的这一刻，有你的陪伴却也充满生机。夏天慢慢结束，一年收尾的季节有归来的随行，在这场浩荡的秋风里无惧无忧。那一年的秋，探海的愿望被琐事搁浅，失望的空落从心底迅速扩散，蔓延到每一个细胞，怔怔望着北方的海，把希望留给了另一个季节。

叶倾城曾在她的文字里引用白居易两句诗："老来多健忘，唯不忘相思。"几十年的烟尘岁月，抵不上一抹笑容，当时你说起这两句诗的时候我竟想不起它的出处。早晨，走在秋雨淅沥的路上回味这句话的深意，心中突然就温暖起来。生活中，爱情和年龄无关，陪伴在生活里的风风雨雨在岁月沉淀之后，慢慢浮起的记忆一点点吞噬时间带来的遗憾，这时候才会懂得：爱，是风雨同舟的陪伴。

古人说，“天凉好个秋”，在快乐的人眼里，秋色斑斓，天高云淡是一种久已等待的收获；在痛苦的人看来，秋雨绵绵的萧条如秋风扫荡了他的精神和现实世界。有些人总是为欲望活着，为贪婪而争斗，而这个秋天的假期，适合泡一壶秋观音，关上窗，避开世外的喧嚣，听着沸水中伸展的嫩芽声，连空气都已经窒息。隔着茶海的距离，端起相同的茶，品尝秋天的味道和相守的静谧。

走在十一月的雨中，路边的牵牛花那么娇艳，随着我上班的脚步从五月到秋天。人老了，也许真的很健忘，很多时候，人的记忆力会被时间剥落得支离破碎，直到最后一口呼吸给记忆画上句号，一切都分崩离析。“老”，是一个残酷的字，而“老了”更是一个无奈的词，既然我们都会老去，何不在有限的生命里幸福地活着？等皱纹布满了曾经青春的容颜，细嫩的手指不再柔荑，如瀑的长发失去鲜亮的光泽，一根根掉了的头发留在床头枕边，我们再也没有能力去说如果当时如何如何。牵着手走在菜场，走在黄昏夕阳，中间几十年零零碎碎的生活碎片垒砌的围城，凝聚的回忆就是传奇。

不被珍惜的时光往往是在未老之前被犹豫空耗，但是有一种爱却是“可怜未老头先白”的悲叹。宋朝无名氏的《九张机》里的第四首词给我带来过莫名的伤感，在她憧憬的爱情里，那个青春的女子，织着肚兜上戏水的鸳鸯，幻想和心爱的人比翼双飞。诗词里的“晓寒深处，相对浴红衣”便是仲秋季节恩爱的写照。

人生经历的少年，青春，爱情与婚姻，也会面临生老病死，而唯一不变的是对幸福和爱情的追求，每个人都孜孜不倦。张小娴说：“爱情里，有时候是了解，才有误解。”看似矛盾的话却蕴涵深刻的道理。从相知到相爱，有多少恋人因为自己的想象和误解导致爱情的失去，那个爱得多一点的人总是会想，他（她）不爱我了，他（她）嫌弃我年龄大了……诸多疑神疑鬼的误解让相爱的人心中有了缝隙，不及时沟通和纠偏，后果可想而知。

爱很容易，一个眼神，一句话就会滋生爱意，在这个爱情泛滥的年代，没有比“爱”这个词更让人闹心的了。爱如潮水，歌声如讪笑的自嘲，有些人的爱情真的如潮水，来得快，去得也快。

年轻的时候，我们都不曾认真地年轻，用心地爱着，更不曾理智地选择。等到孩子大了，脸上长满了皱纹，只能选择认真地老去。后半生相伴的时光，我不仅选择和你认真地老去，更希望精致地活着。对于留不住的时间，选择和爱人一起变老的心态不单是勇敢地接受，更是对生活和爱情的一种姿态。听你那天口中哼的曲子，在隔着遥远的距离中，一下就柔软了自己：

“——我能想到最浪漫的事，就是和你一起慢慢变老……”

爱，是一场修行，为了余生更好的相伴，我们都选择精致地老去。彼此心疼，彼此照顾，虽然比不上那些充满阳光和活力的孩子，穿着的得体和渐老的容颜也是一道风景。重要的是，在薄情的世界拥有一颗不老的心，让丰盈的内心伴着花香沾满衣襟，独立于时光之外，活出另一种风采。

今生有所悲，也有所幸。那个春天，只为人群中多看你一眼，生命中植入最真的情感，幸福才得以延续到老。中年之后，心不再凛冽，情不再孤独……

第六章：醒来明月，醉后清风

十年种木，一年种谷，都付儿童。

老夫惟有，醒来明月，醉后清风。

——元好问

长夜无灯，空街无人，从古老的诗句里捡拾一枚秋叶，从它的脉络里找到岁月的痕迹。霜雪铺在她的世界，而隐藏在岁月中的豆蔻年华经历漫长的等待之后，一杯酒勾兑的喜色溢于言表。放下漂泊的心从思念的怀里脱身，共同打理日月河山。

那一年耳中听着很多叮咛，异乡的路口，白色的围巾在风中猎猎，八月的离别还在江水上呜咽。这场秋风刮走天空阴霾，以至于从飞机离地的那一刻，靠在十月的肩膀踏上流连多年的故土，妩媚的笑声直达天空。蓦然发现，这些年无悔的等待是毕生的幸运，红尘世间，委身做了相惜的一半。

当青春的忤逆归顺时间，和我一起归来的沧桑在眼神里折射了心怜。余生，我们在永生里行走，谁能嫌弃变老的容颜不及年少的飞扬。在我们的身边，枫叶晚霞，红云漫过湖岸，几片残荷承接的雨声如夜曲在窗外吟唱。那场没有错过的相遇珍藏在开春的桃花上，把后半生泊于家的港湾，看千帆过尽，碧草连天。

长亭晚宴，江南古道传来婉转的笛声，起身迎接时涌动内心存活的念想，被季节异化的风景里找回当年告别的模样。总怕再次走散，从见到那天起不再松手，无论是故乡还是异乡，拉紧的手慢慢走过每一个地方。看到一树红叶，念念不忘的海边景色悄然搁置，红雪留在枫叶，金黄的色泽只限于秋冬表达。那些从春天开始的梦，经过夏的过滤被岁月拉得不长不短，回忆的轻烟缭绕眼神的迷离，沉醉经年。

当年，你从繁华中隐入红尘背后，把太多的忧伤尘封在时光深处。江南往事，拱桥上停足回首，欸乃的桨声也拨弄不了思绪里的涟漪，只把澄澈的目光丰盈在遥望的背后。掠光浮影的竹林，听不懂的吴侬软语，栀子花开满的小巷你款款而行。阳光灼痛了八月，两两相望时的破冰之旅点燃十月熠熠生辉的年轮，门环轻扣之时，一生光阴，不过是一个春秋的距离。红颜易老，举杯的纤影被烛光摇曳，这场迟到的婚礼除了明月相伴，故都的霜花更没有沁凉的泛滥。犹记少年春衫薄，多年前期待的地老天荒被爱情诠释，流金岁月的安宁才是最终的幸福。

不再空劳牵挂，优雅地老去才是余生共同的心愿。从三亚到渤海，太多的咫尺天涯憧憬过落红之美，江南的采莲之舟，还有你的破浪而行。月光下的凤尾竹从漓江唱到今天，多少欢乐跳跃在指尖，在推杯换盏时浅醉。

宿命只是怯懦的借口，更不想在错过的青春里捞起忧伤，红豆的相思串起缘分，那根红线在月老寺的门前便拴住今生。从那时到今天，离开“宋城”之后，分离的凄楚锤炼守望的心，梦里相聚的脚步被宿醉羁绊，才等到这一年的佳期如梦。

几枚红叶捧在掌心，一幅画面成了十月的绝版，世上没有相同的两片叶子，也就有了独一无二的你。迎娶的唢呐声渐行渐远，走近的脚步却铿锵有力。原来，岁月还没有老去，挽起臂弯的手和灵魂同步，才深知精神的契合凌驾在俗世之上，坎坷的人生才有幸福的偿还。

夜，滋长思念的长度，一年转瞬即过，立春后送走最后一场桃花雪，春天就来了。荒芜的誓言是沉寂的等待，西窗下的身影离开夜色的笼罩，几碟小菜，一壶老酒充斥人间烟火。爱，曾经让人那么心疼，如今又真实地拥有，世间的阴晴月缺都需要等待的执守，方能拥有这样的幸福。只是烽烟过后，因相思而老的你是否还会离开这片故土，恍若一梦的人生有多少不能确定的因素可以与爱抗衡，一起走完这一程。

记忆的镜面拭去烟尘，眼前的你渐渐清晰。当我们走到今天，怀念的骨骼依附今生的所有。那些年，我们都年轻过，多少年的醉生梦死，醒来后已是明月清风。如此这样，让我们从头走过那些年遗忘的路，在背影消失的转角处，二月新绿上的烟雨成为不老的记忆。红尘深处，与你相伴而行。

第七章：恋红尘

你说，回来吧，我们从来都不缺什么，生活虽然很普通……

从故都回来的时候，你在秋天的天空随行，呼啸的岁月带走你的青春，迎春花才露出花苞。十月的风带着凉意，秋天的红叶染上惬意。其实，我一直等你这句话，等着落叶归根。

五月的图腾像春的私语，安静的夜，一只水壶里的热度开始沸腾。默默地相伴从很多年前开始，只是我们都忽略的太多。如果，那天你的爱慕没有提醒我，隔空的守望不会有今天的烛光。每一年的风向标是围巾飘起的方向，刻骨的情缘不是追忆，在城市的蓝天上，我看到纯净的模样和大地的原色。亲情、爱情、友情，都被你划归于家的港湾。海边的画面，十月秋色温暖原来的渴望，那些绚烂的秋色经历的风霜，才有今天的心甘情愿。

十月的古都，红叶谷的美景，所有的脚印，都是从前等待的痕迹！

经历了所有的春夏秋冬，心有灵犀的语言何须说起？我解读的光阴在你的手腕上圈起，红色的思念油然生成。光不仅是烛火，跟着风的脚步从古至今，烟尘、灯火、光影里的磨难淹没在岁月的黑暗，靠你的劝慰，放下复仇的剑。

从项羽的故乡出走，一身的伤鲜血淋漓。故乡忘了我，多年后，所幸有你。

酒和雪是一样的热，满杯的豪饮给我送行。等闲白了少年头，二十年的空悲切，谁丢了失去的江山，谁给我梦的醇烈！带伤的诫、隐约的痛从乌月江边消逝淡去，举杯的手刹那风云。万里江山外，我的魂魄不甘，碎了今夜的酒杯。

四面楚歌，柔软的呼唤按下肃杀的风，这一句最软的呼唤，将游离的梦境写进水中央。未了的歌，改写力拔山兮气盖世的悲壮。故乡雪地攒起的红豆，圈定万里江山。

天空的眼露出天真的瞳孔，是非早已明定。黎明的霞光透亮昨天的底片，四百年的吴越发髻松散，秋的醉，兜着十月霜，冷香雪意，拱桥上的笑可是归期？放下念珠，小字入诗，崇安寺的佛光应了缘分的咒语。这重来的安然在流年里环抱，在冬天的温室培育双飞蝶的翅，把相思点成胸口的朱砂。

那时，你满目欢喜，在十五的夜跌入红尘。

几分雪寒，把明天熬成春天的幸福，只用颤抖的手指，在你的夕阳画上一个圈。晕红在雪白的夜扩散，和生日的烛光倒映酒杯的眸子，低眉时，天光云影，初心婉转……半月在窗外悬起。室内的灯朦胧中带着忧伤的成分，在窗前伫立的身影不愿回头，耸立的肩膀抖动难舍的离别。这一刻的相醉相留抵不过时间的催促，长发掩盖的容颜如秋水。明日人千里，多少相思扣在手心，十指交缠的无言惹了风急。

一片秋叶横落，一笔点下的深情如桃花开在你的眉心，醒目重逢的惊艳。冬去春来，故乡的水融入江的波涛，将那朵明媚的陌上花深埋在记忆中，长在骨子里。

那夜，江风推动海浪，千万重离别的痛细软绵长。多年前，我把缘分的种子埋在轮回的路口，等相遇的风吹开爱情的花朵。千山万水外，几世真情得见，却终究要面对离别。你的眼眸、荡漾的春风停留在那一年的三月，吟哦的词曲随风远送，绕梁不绝。那时，你的身影盈于我的视线，而在秋水渐长的故乡，岁月的音容从未干涉过等待的青春。太多柔丝般的凝望缠绕梦里的情怀，在隔江相望的叹息中，一个背影始终舞动温柔的期待。这一切，怎能忘怀。

从三月春雨飘落的刹那，坠于内心深处的风情截断清泪不断的长河，润泽几百年来轮回的孤独。从一盏灯花的跳跃中，在一帘幽梦的扑怀中，荷色的衣浅留在北方的荷塘。黄昏时的暗香盈袖溢满冬天的雪地，那声呼唤不再是午夜的梦回。双眼的柔情带着怨怼的尖锐刺痛远方的人，当重逢的欢喜从紧闭的双眸中恣意横流，半生狂泻的激情从指缝里倾泻，染红了初秋一叶枫红。

断续的笙歌，在端起的一杯酒里回荡，今生织就的“九张机”换了哀怨的主题。我看到快乐在衣袂上翩跹，用鲜红的颜色完成未来的心愿，那片红罩在尘身，生成未能照料的遗憾。

就这样吧，风起时归来，春来时归兮，与遥望时思念，于雪落时皈依。此生有你，所有繁华都入云烟，这一生执手相伴，在想念时永恒。

今夜，我们在最美的时分拥别，把未来圈在彼此的怀抱，从世俗的缝隙里打开幸福的门。

第八章：寻找记忆深处的声音

腊八节，总想起小时候的味道，一只瓷碗端着我们的童年。今天又是腊八节，让我们一起回到过去，寻找记忆深处的声音。

从青春的那一页翻过，模糊的背影披上一片落叶的红。发丝如柳，抚一身款款的媚，而故乡的一湖秋水，溅我两手空握的少年情怀。旋转的涟漪从眼眸中慢慢扩散，一场别离，寄放成异乡的情愁。到今天，那个穿着冬衣的女孩，在雪地上蹒跚的脚步踩疼了告别的路径。

原来，乡愁和回家的路一样长……

追溯的时光毫无悔意，它几乎完全忽略四季交替里的春夏秋冬。南风刮起的五月，荷叶冒出青青角，断续的《采莲曲》从唇边吐出。一支老掉牙的歌谣从走失的岁月中找回，谁还在故乡的渡口用荷叶作伞，在游子的天空撑起一片清凉。

盛夏，池塘边的秋千架，婉转的知了声也耐不住七月的炎热，端午的红线穿起一串红豆，江南的思念用鲜艳的颜色醒目后来的日月。秋风过江时，飘曳的长发乱了今世的风，十月古都清霜如月。那年的风雪客二十年后回归，几条铺满秋光的山道，裙角飘起的风吹走昨日的枫叶，吹不老梦里红颜。

只是我记得有人说过：“善良的女人永远光芒万丈。”她不会用心机去讨好谁，她的举手投足就是最好的诗……昨夜的呼喊还在耳边，如经年梦里的顾影成双。岁月斗转星移，再见倾城，一笑可倾世，时间的颜色变更昨日容颜，有旷野的寂色，涂抹雪夜的白。

一念转寒，再转回暖，浮生的渴求从春天兜转，沿着缘分的脉络蜿蜒在七尺身躯。从经书上剥离往生，素手捻起佛珠的祈求，倒也圆了今生愿。北风又起，你等待的故土进入寒冷的季节。飘着清雪的子夜，伫立沉思，今生可愿意与我看破红尘，隐遁江湖。短暂的生命中，唯爱可以一辈子付出，对于身外事就此放下，只想携你徜徉山水，度两个人的山河岁月。

如果，那年渡过那条江，避开十一月早来的严寒，冬月便可同归。回眸于这年的湖边，衣袖上的霜雪和眼角的疲惫早被惊喜摇落，让堆积的等待走出布满时光的诗，在共剪的烛光里快乐憧憧。

那时的歌声也如天籁，从昨夜星辰里落下无数的水钻，亮晶晶的，如你的瞳。

于是，捧一团雪在手，寄往无雪的江南。真情未化，梅花半朵，一个人的腊八节，等待为谁？很多忧伤的等待，只隐藏在省略的标点。很多时候，爱与怨是孪生的姐妹，不能相融，那就共存。到了这个年龄，人世间多少无情有情都看透，舍与不舍，都是人生最好的修行。

那日，素手轻点，快门里定格的不仅是今生，还有来世。光阴的曲调依然悠扬，回荡在苍穹的歌穿越岁月的屏障，穿过垂在颊上的青丝，停留于耳际。

回来吧，异乡永远没有家的温暖，蓦然回首时，才知道生命如此短暂。短到来不及把你揽在怀中，短到看不清你眉眼里的忧伤，就匆匆告别。回家的日子，轻快的语气是短暂的欢颜，半袖烟云沾上沧桑暮色，相拥时，已是黄昏。这些年，我们都浪费了太多的机会。如果，如果世间有如果，何必把大好时光枉自蹉跎……

如今想来，命运终究不薄，多少相遇与错过，凋零与盛放，都还在我们的身上保留着最初的执念。跋涉的双脚踩着年华里的斑驳，一路坚强。

过了腊八，就是春节。那时候，风轻轻吹过你的额发，江南清澈的湖边，一条船从运河顺流而下，在开满迎春花的渡口，一首低缓的老歌，也在轻轻的唱：

……

追逐夕阳的步履

走在林间的小径

撩过清清小溪

那儿有一座小小蜗居

等待着我们

踏着夕阳归去

第九章：春寄，风梳眉

其实，江南的春早就来了，在立春之后，雨水之前。

这个冬天不再沉默，经历太多的冷寒酷热，已经习惯了季节的变迁。人生无法选择季节，却能选择自己适应的环境。元旦时，大伯家的二姐和我说：“只有在你经历之后，你才懂得应该做什么。”

她不识字，却有如此富含哲理的语言，她和我同龄，只是比我月份大。我们都是六十年代末出生的，富饶的水乡滋养了我们，依然摆脱不了那个时代带给我们的贫困。

小时候，我总是把外婆烙的饼子偷偷塞给她，一顿狼吞虎咽之后，她扭头就走。

多年之后，她嫁了一个贫苦家庭的孩子，十年打工生涯后，姐夫却成了股东。十年的守候，到如今她很幸福，对我像一母同胞的弟弟。

题外话，春节时闲聊却牵扯到你的一切。风吻在脸上，走在异乡，感觉到你当时每个瞬间的战栗。昨天视频，祖露思乡情切，蓦然间忘了此时再也不是一念之间冲动的少年。

不会把缘分唱成悲伤的歌，多少年的歌谣从故乡唱到江南，漂泊的往事在二十年后重现。多年后，你不再是乡愁里抽象的思念，真实的存在于生活之中，以及每个含笑的瞬间！当我们老了，走不动了，还会留下无数生活的影像，低垂的眉目依然伴我行走的岁月。

那时的记忆，在昨天谈及的未来里有点追悔，只是人生没有如果。回去时，把温情权作泥炉，在时间的海洋里畅游，没有我的日子只能在时光的河流濯清灵魂的归处。也许到今天谁都明白，没有对方参与的青春早已袅袅。每个人都有错失的遗憾，而上天怜我们执着的不舍，终究找到最后的彼此。

杜拉斯说："与你年轻时的面貌相比，我更爱你现在备受摧残的面容。"

有问题吗？谁不经历悲惨的人生。雨果的《悲惨世界》，演绎过多少磨难。不同的是，在当今这个社会，亲情、爱情，成全到最后的不仅是缘分，还有坚持。

讨厌"宿命"这个词，所以从来不认命。能陪一个人老去的人，我能直视沧桑的容颜，也喜欢面对今天的你。镜头下的分离，天涯咫尺，一生一世，一心一意。在甜到心里的相守中，两人之间无须诺言。约定只是一个承诺，付诸现实的，需要能力——如我，如你！

你总是要我唱那首歌，童年和童话只有一字之差，当年的那个女孩二十年后念念不忘，只是等了太多年。

春节的时候，故乡下了一场雪，多年未见，却不再惊喜。江南无雪的冬天，灰黄的叶和晚秋没有两样，只是我和你在十一月雪地行走的欢欣胜过一切。小时候的雪很大，那时的快乐在一个雪人身上获取了很多。去年的冬天，封江的冰面，你拍下清瘦的倒影，我却说着那时的镜泊湖上孤单的乡愁。十月封山后，一座木屋里的冬天所有的信息都封闭，你在放学的路上跺一下被冻得麻木的脚，渴望家里烧着炉火的屋子。

我们都不敢回忆从前的日子，当年也不是彼此的玩伴，从彼此说起的往事里保留最好的部分，却希望把从前和今生都融合在一起。碎碎的话语，跟着时间脆脆的声音忽然走到今天，当你长发及腰，分离却如心头的锁，这一锁，就是半生。

说起从前，才知道牵扯的关联和命运有关，我不再去恨宿命，因为有了新的开始。习惯遥远的距离，习惯和你分离的日子。

说好走遍千山万水，只是世界这么大，很多地方寸土未沾。和时间相比，生命如此短暂，只愿短暂的生命没有无尽的等待和分离，不让时间抹杀共守的时光。人生有很多相干和不相干，生活里的旁枝末节延及到思念时的喜怒哀乐。我来的时候你在，走的时候只有目光送我。如果地域阻隔过遇见，如今，谁也不能阻挡行程。你给了我余生坚守的勇气，找回当年失忆的记忆，即使换了任何方式，总归还是厮守的同心。

记得回家的路，也就记住了你。窗口外的路灯和铺雪的路走了无数次，开门的欢欣溢于言表。数着季节度日，时间在一边滴滴答答，在与时间的博弈中，三百六十五里路一寸寸踱过，屋檐下的素颜触上眸子里的深沉，阑珊尽，洪荒已过。

其实，茫茫人海，你找的那个人，一定是你前世折断的肋骨。忍受无数的痛苦之后，迟早有一天，他会弥补你的痛。

春寄，风梳眉。闲言碎语，说与你听……

第十章：你比雪来得早

去年下第一场雪的时候，即将离开家乡，暖风穿过江岸，屋内烛火摇曳。聊着家常，雪落在对面的屋顶，黎明的朝霞没有那么璀璨，自然界的变化在当时勾不起太多离别的伤感。

“下雪了。”你淡淡说了一句。

站在窗前的肩膀无意中靠在一起。几根白发从我鬓角探出来，比照眼前的雪色。

并肩凝视，幸福开始的瞬间，才发现自己老了……

总是在想，当你突然发现爱人老了或者憔悴，内心是一种什么样的感受？

每个人都会老，而你某些强势的语气有顽皮的温情：“不许说老，不要说时间长短，冷了添衣，热了回家，世间常说自己老的，是心态老。”

窗前的雪停了，小小的雪花落在窗台上很快融化。

当你老了，青春时的爱情在轮椅上延续。你推着我，抑或我推着你。

那年离开北方，走进江南五月，一不小心就走到今天。少年轻狂被岁月一刀刀削去棱角，直到有一天，在颐和园的小卖部听到那首让我们流泪的歌：

“当你老了，头发白了，睡意昏沉……”

走不动的时候，孩子的手离我们太远，能相扶相依的，只有身边的爱人。从故乡回到江南，细看你低垂的眉，燃一支烟，在青春里寻找行走的回忆。牵着的手布满皱纹，十指不再纤细，竹椅上的童年回归在眼前，柔软的身体还能做取暖的炉火。夕阳，竹帘，青春与辉煌，那些年最喜欢唱的《踏着夕阳归去》，已预设了今天记忆里的畅游。

有些回忆缺席，曾说过的爱慕与倾心成为删减的音符。可是，那些年与你临街而望的笑容从未改变，还愿意手捧一张苍老的容颜，拥着不再年轻的浪漫。

这个生日，收到最好的礼物是从手机里弹出的一句话：“一生，一意！”

初三夜，雪落江南，春节灯火阑珊。抱着那句话，等待黎明！

总是听你说起从前，小时候雪很深，很大。那时，母亲做的棉衣看不出身形，等着立春，盼着雨水后的惊蛰，像河里的鱼跳跃在春雪柔滑的院子，在北国经历青春的到来。门楣上的春联还在，也会取笑玩伴身上没有脱去的花棉袄。从炕头大大的柜子取出久盼的春衣，不再有上学时畏葸不前的犹豫。

时间转眼就到了春天，读懂了声声慢，才知道比别人慢一拍就意味着落后。从前生活的节奏慢，以至于寄一封信也要等很久。如今，在天空隔着舷窗看云端，还是感觉慢。很想如当年一样，揣着归心似箭的词，丢下笨重的行李在热乎乎的炕上感受家的温暖。

那朵桃花开在雪地，开在八月的江边。这时，我们不再年轻。

最想留在从前过日子，茫茫雪原，杨树林收纳孤单的童年，我却在迎春小站的一间木屋里冬眠。此时再说起当年，最重要的理由是：时间很快，转眼到了中年，才发现有些事经不起时间的拖延。从前听不懂季节流转的声音，更不懂一生的光阴最后只能归属一个人。

最信奉一句话：“墓碑上并排的名字，才是地老天荒。”

一生一世，一心一意，这句话刻在节日的巧克力上，是多大的欣慰？

三月三，在杜甫的诗歌里慢慢走近，晨起晨练，从视频里看着快乐的容颜，跟着黎明的阳光缩短彼此的距离。经历太多的坎坷，远离纷扰和喧嚣，很多事就懂了。心是炕头的那把锁，系着红绳的钥匙攥在你的手心。

距离，不是爱情的杀手，但是总有人在习惯里坚持：“多远都要在一起。”

从故乡再回江南，一次次关山万里，突然觉得世界很大，有很多地方我们竟然只是在地图上画圈。人生虽短，但是岁月漫长，这几年的离聚分合，天南地北，又浪费了多少相伴的时光。人生有很多相干和不相干，懵懂的少年，青涩的年华，一直到夕阳暮年，生命就匆匆地走到今天。昆明湖上，北戴河边，秦淮河畔，西子湖岸……这些属于我们的山水如季节的旁枝末节跟着思念在骨子里长刺。遗憾的是：我离开的时候，你年轻，你来的时候，都走进中年。

前尘灰飞，往事烟灭，幸运的是，错过的宿命没有耽误同行的契机。念念不忘的好成就了那个人，新年第一天，把你鲜艳的唇彩，拓印十月的喜庆。

再写“九张机”，十里桃花绵延，宿命预设的缘分承载三生三世里的铁马冰河。那天，站在十月西山，把握京城最好的秋，风里吹来浓情蜜意，抵消离歌唱起时流泪的青春。放下那把相思刀，补养爱的骨肉，梅雪已过，春雨打湿迎接的步履和开门的素颜，有一眼阑珊的惊喜。

不再和冬天较量，回来吧，拍掉肩上的尘土，露出沧桑笑容。走到属于你的江南，温一壶女儿红，共守一盏暖暖的烛光。

第十一章：我的世界还有你

——允许我妖言惑众，在黑暗寻找闪电，让惊蛰的雷声唤醒沉睡的灵魂。

走过春雪纷扬的故乡，迎面就撞上南来风。暖气流从身旁掠过，无形中分叉，令人感觉三月犹如少女，暗合人生最好的季节。

江南春晓，柳枝婀娜，玉兰怒放，二月梅早落了瓣，在虬枝上伸出嫩芽。古人说："最是江南春好处，满江鸭绿弄残红。"此时，在黎明前贪一场清欢，慵懒的腰肢像堤岸杨柳，"春眠不觉晓"的诗句，给周末无数个赖床的理由。

周末，晨起放弃早练的习惯，一壶水在煤气上滋滋响着，窗外风刮着帘子，鸟儿叽喳声钻进梦里。漫长的冬天，除了梦就是盼望这场春暖花开的陪伴。些许念想和露珠落在草尖上，闲言碎语敲打在手机屏幕，给留守的等待画一幅清隽的暗香。梅花终究是落了，几场雪误了逢期，好在江南春来早，传送的画面应了守望的景。水开了，一壶茶放在案头，暖暖的屋里，忘了昨日春寒道上奔波的疲惫。两只瓷杯荡漾着春色，也荡漾着一屋子的笑声。

好久没在故乡走走，端起碧绿的茶一饮而尽，太阳的光线穿过窗帘有点耀眼。故乡没有翠山积玉的雪，只有水乡湖汊，绿柳婆娑。该开的花争先恐后地回来，北方冰封的江河也恢复了奔腾的气势。

一同走在户外，春衣在并肩时摩擦温情，河边游人甚多，一对对情侣、夫妻，带着孩子走在明媚的天空下，少了初雪寒冬后的萧条。无数个等待的花月夜，乡愁被思念推到，才明白年龄和梦不再那么近。这行走的人群里，有几人离多聚少？尽管眼看着远处，心底的默契从回望的眼神也能读取。原来，牵手的相伴是这样美好。

一生注定是旅人，自然要承受该承受的风雨。那年烛花剪了之后，彤红的衣在三月披身，柔软的丝巾比发还轻，在风地摆动下飘逸着。这些年来，所有的遭遇和相逢都掩在袖底，而异乡的日暮黄昏，贪杯样惹了几声担心和呵斥。可谁都知道，一壶酒里有百般世情无人看懂贪暖的理由。虽然离与聚太过平常，但一同走在千年运河边，去湿地湖边看看日落日出，就能弥补这些日子欠缺的关怀。

河边码头停足，水波揉着微漾的涟漪，倒映的桃花就乱了阵脚。春似少年，季节铺满一床一地的明月光，年前捧雪抛洒的手指不再畏寒。扯紧的袖角在登船时还有晕船的怯意。此船不像那年登舟过海时的颠簸，尖形的船头犁开平静的水面，下一站就是湿地。

想起在颐和园的秋天，望着湖面游船，你放弃登船游览的念头。说是没什么好看的，可心里知道你心疼的是什么。故乡唯独不缺这样的游船，烟波浩渺的湖面一定比这京城人工湖要来的壮观。这些回忆都在告别后的灯下躺着，归期和假期一次次近了，挂在衣橱一个冬天的春衣，也就着了身。

风微凉，看着两岸桃花，海棠往身后退去，两小时的行程便结束了。去年岁末冰封了江，对岸的岛上铺着厚厚的雪，跨江钢缆上滑过的缆车曾让我心惊肉跳。地域让风景变得粗犷，也可以变得柔媚多情。眼前，游人拾阶而上，我们跟在后面的故事，就等三月继续书写。

春花如海，湖还是湖，连着你故乡东流的江水。风乍起，一池春波如旧，在今生所有的期待里，同行同伴才是最好的幸福。人活在这个世上，一生最大的幸福是过自己想过的日子，最大的痛苦是无法摆脱囚禁自己的困境和无力的渴望。多少个家书抵万金的日子从流年中匆匆而过，眉眼多了皱纹，鬓霜浅如初雪。有人说："不管你多大年龄，过去发生了什么，错过了什么，失去了什么，做错了什么，只要不放弃，坚持不断地探索和行动，就会有路，就会找到一条属于自己的路！"如果生命真的从50岁开始，那么我们拥有的曾经，就是未来所有的铺垫。

既然难脱俗，就入俗吧！并不是众生所有的期待都可以兑现。爱情成全的婚姻从喜欢开始，来去之间，离别与否，都不要用伤感的词诠释。经历过豆蔻年华青春岁月，走过东南西北长街无人的夜，光阴里的欢愉藏在这杯酒中，勾兑一生悲喜的诺言。

短暂的假期，守在重逢的蜗居，某些约定的期许因为行程而遗憾。也许，这辈子很多人因为时间而不够做一个完整的梦，但是总有一个肩膀可以做停泊的码头，陪心爱的人踏进红尘沃土。

离家之后，梦说四月的归期，一连串的笑声是冰融的春水。时钟转动的时分，故乡的月，就亮了。

忽然想起那句让全世界都潸然泪下的话：“你在，你是全世界；你不在，全世界是你……”

第十二章：也说“旧”

有人认为，旧的东西总是好的，比如旧照片，旧物件，百年后就是古董，至于某些有价值的旧，被时间沉淀后发出的光泽令人怦然心动。当然，有些旧不可说，如时间里的尘埃，似过往云烟。

陆游词所言：“春如旧，人空瘦。”活生生地把当时的心境刻画得淋漓尽致，却多了怅然无言的忧伤。虽是三月艳阳天，而一怀愁绪里的几年离索，在封建王朝的礼教下闹了个苦不堪言，尽管真情入骨，一句“莫、莫、莫”隐含多少含泪的追悔。

“春如旧，人空瘦。泪痕红浥鲛绡透。桃花落，闲池阁。山盟虽在，锦书难托……”后人再读这首词，千年已过，伤心桥下惊鸿一瞥，从此生死两茫茫。

时间再往前推，一句“还似旧时游上苑，车如流水马如龙。”写尽南唐李煜亡国的匆忙。国破山河不在，多少恨，昨夜梦魂中？被赵匡胤掳掠的李煜即使献出江山，最后也难以逃脱鸩毙的下场。没有国就没有家，苟且偷生的日子和梦里繁华形成鲜明的对照，可惜这首词写完不久，赵匡胤终究找了个罪名杀了他，一代君主带着他的满腹才华，含恨而终。江南！对囚居于汴梁的李煜来说，旧时上苑，车水马龙，所有的花月春风都成亡国一梦。这样的旧令人心酸。人生大喜大悲，跌落的繁华如清王朝马背上的驼铃，渐渐消失在历史的烟尘之中。

时间毫不留情，我们能留下的旧，除了岁月赋予的真善美，还有共同相伴岁月里含笑低眉的四季，以及生活中彼此真诚相对的人。那时春天，岁月更替，温暖的季节比过冷酷的寒冬。从离开一个地方开始，故土这个词又重新存在于生活中。这样的生活，不再用暗红的烟火陪伴长夜。走进夜里，声音在静谧的时空里穿梭，清晰的记忆少了斑驳的光影，被蹂躏的苦楚像结疤的旧伤隐隐作痛。曾经激荡的情怀收留于心，高低起伏的人生瞬间醒悟，剔除那些陈旧的回忆，才发现很多誓言那么软弱无力，苍白得如狰狞的脸。时光荏苒，我留在最后的城市，抵达安身立命的孤独，等着生命的涅槃。

扣着春天的手，一枚红叶里也能找回最好的秋。那种凉意不觉冷，清醒焦躁的心境，在隽永的时间走过冬天，迎来又一个三月。去年，整个十月都沉寂在快乐中，时间停留下孑然的脚步，冗繁的尘事便被轻易推开。

人生最难得的是知道自己要什么，明白自己该做什么。生活对于众生来说，要么是健康，要么是快乐。所谓的苦，只是梦想途中遭遇的坎坷，青春只是书写一半的青涩，剩下的，还需要交给夏秋冬，交给一个余生可以共度的人。

二十年的漂泊，短暂的舒适从去年终结，在日落西山的黄昏，幸福从一枚枫叶上溢出，浸润今天每一根骨骼。偶尔翻起的日记，泛黄的老照片，以及手写字体上应和的流年全部删除，懂得有些诺言只是一个巧设的局。但是谁能有慧眼洞穿人心的真假？一脚踏进的死门就像走进阴阳七绝阵，左冲右突之后，才找到属于自己的路。

无情的决绝总是和利益挂钩，一旦破了这个局，总有人恼羞成怒竭尽所能为自己的丑陋贴上无辜的标签。幸运的是，你冷静的安慰熄灭了复仇的火焰！

旧，有一种无形的力量，它沉淀在心底，如沉香，如琥珀，给予我们美好的回忆！至于其他的旧，扔了吧……

当兵之前，外婆在临终前留下几个物件：一件晚清的青花瓷，旧的无人眷顾，落满灰尘，那是民国时期大户人家放画轴或者掸子用的。两个老者带着僮儿在园子纳凉，几支写意的芭蕉随意画在瓶身。几位兄长在我拿走这只瓶子的时候不以为然，至于一些古旧的线装书他们更是不屑一顾。这也不怪他们，今天我甚至有感激的念头。只有母亲在悲伤中淡淡说了一句："你外婆说给你的，好好收着。"

几十年过去了，搬了几次家，那只瓶子如珍宝放在我的书架上，女儿渐渐懂得它的珍贵。每次回家站在书架前瞅上几眼，说着心中传承的期待。

古老和陈旧在特定的情况下是划等的，但是有些旧还是被毁掉了。城市化改造的进程中，很多保存百年千年的老宅子被拆了。利益面前，他们不知道这些无法还原的旧屋在瓦砾下哭泣。五十年代北京的城墙，在破四旧的浪潮中被夷为平地，到如今追悔莫及，很多城市在忙着复古，像绝情的恋人多年后假惺惺的关心。可他们不知道，有些东西没了就没了，拆了就拆了，再花多少重金，也还原不了原有的味道。

破碎的心，只有爱人能缝补，而历史也一样，只有珍惜，保护，才能让后人看到历史的曾经。

转眼又到了春天，暖语伴着风，抵御了秋冬的漫长，四季组合了时间的碎片，日子也就成就了每个人的一切。所有的记忆中，童年的老屋，枣木方桌，低矮的课桌和裂着缝的校舍无数次走进梦里，烟雨长廊外的春花秋月倒是很少扰梦。其实，在辨别新旧事物的同时，甄别尤为重要。衰败朝代遗存的旧物是古董，岁月中没落的誓言更经不起时间的推敲，这样的旧不同于旧物，弃了，也就忘了。

时光不会老，老的只是人心。在岁月面前，守旧的心指的是伴随的真情，携手的不弃，对于不想说的其他，就算了吧！

那天，走在三月的江边，我如是说。

你回眸一笑，天就晴了！

守你的旧，念你的好，余生，就这样老了……

第十三章：有多少等待，就有多少未来

清明过去之后，有些忧伤渐渐地就淡了，而某种怀念还在心底，陪着情绪缭绕。下雨当天我就离开故乡，过江后半天时分，天空已是阳光灿烂。其实，人生谁能永远陪伴呢？“永恒”这个标签只是人生的一种希冀罢了。生的离别，死的相伴，春夏秋冬的景物在活着的时候熟记于心，从一年伊始到飞雪扑面，时间带着青春的足迹慢慢远去，而我们终将隔着那一段美好，隔着青葱岁月里的恣意。

很多等待一直在。版图的圆点有一个城市，一个人。这些俗世的思念年复一年，唯独天堂的亲人会在某一个时间段里走进我们梦中。有人说遗忘就是背叛，只是思念亲人的痛太苦，在某个回忆的瞬间就打倒了自己。

少年就这样过去，甚至青春都没有来得及留下太多的回忆就匆匆而去。当转角处的相遇来临，青春已经枯萎。左肩落花，右肩落雨，生活的悲喜被命运导演，花开的年少成了退场后的落寞。外婆走的那年，除了悲痛就是懵懂，撕心裂肺的疼被母亲感染地蔓延开来，渗透每一个细胞。直到后来你谈及双亲离开时候的悲伤欲绝，两行泪汇集在一处，湿透中年的枕巾。

该离开的都会离开，这里也包括这些年生命中的一些人。有一段感情是

过期回忆，也散失了忧伤的味道。细想起来，有些话真的经典：“是你的，离得再远也走不散；不是你的，同在一个屋檐下也会分道扬镳。”放开的手心有如握针刺的疼。风吹过伤口，时间会让它结疤。至于后来的你，岁月赋予的莳花被精细打理，总算明白：“人和俗世相比，真正的感情不会在时间面前败北，尽管所有的世俗都是人为的推动。”

天长夜短的日子又来了，白日里的光阴最易打点。晨起时隔着千里去感受彼此生活里的一切，四月天的温暖逃出寒冷的施虐，在遥望的城池，梅红梨白交替，每日攒下的笑声穿过江南江北。在江北的小城，一些开在心底的花渐渐丰盈，沿江行走的步子多了轻快的从容。我们不再是世间的孤客，看着江水东流，白云朵朵，手上叠起的千纸鹤放逐思念的翅膀，季风开始为夏天作序。

日子就这样沉在心底，每每忆及往事，还能见到一重桃花三重水外素颜净净。怀念亲人的忧郁被春天劫走。这些相映的桃花连着城市的那一头，倾尽欢颜，才知当年把一切交付彼此是多么幸运。原来，世间事物就是这样，有多少等待，就拥有多少未来。爱着春天，走进夏天，等着秋，度过漫长的冬夜，很多萌发的春意或沉默，或微笑，守着心中的一脉相连。

时间的良药治愈过太多的痼疾，当年的悲伤已经走出，那些掏空内心不甘的豪情被另一种温暖填充，却不想拆穿藏在过往季节里花言巧语的谜底。安伯托说：“爱情比知识更有感染力”，但我认为知识更能决定一个人的智商和对情感的认知。世间冷暖，也在瞬间感受，但令人意想不到的是，一场童话里的春风，剥去了时光茧上厚厚的外衣，为多年的等待让出一条绿色通道。临窗捧着这几年写成的《春雨集》，粉色的纸张泛着握得住的流光，空白处等一支笔签名。

偏离的年轮在后来定型，少年也罢，青春也好，悲喜哀乐凌乱后现出原形。原来，我们都只是众生里苦渡的人，所有的全心全意都为今生没有相邀的相遇。很多夜的灯光下，说着亲人的宠溺，眼泪就揉成一滴雨水，这是尘世最好的剧情。在今天大大方方公开的时候，宿命倒像个闹钟，怎么转圈也走不出轴画成的圆。

如果说生命是轮回，就用恩情来供养岁月，从雨季到初雪，把磨难培育成春天的养分，上不负亲人，下不负你。只是每个人在经历太多的苦楚之后，无论感情还是生命，都在松手时放过了所有的恩怨。

放下了，不一定天高云淡，背弃的人，真的会心安理得？如果世间事都能看透，凄风苦雨中迎来的柳暗花明就能抚平内心的创伤。日子累计的岁月经历过无数的生死离别，到最后，等待给予的未来，用幸福抹平的伤痕，这一世悲欢，终由自己来选择。

终

End